2023 제17회
김유정문학상
수상작품집

2023 제17회
김유정문학상
수상작품집

차 례

심사 경위 및 심사평_ 7

수상 소감_ 10

수상작

김혜진 | 푸른색 루비콘_ 13

수상 후보작

김병운 | 세월은 우리에게 어울려_ 43

김이정 | 만유당_ 77

전성태 | 조용한 생활_ 105

조경란 | 검은 개 흰 말_ 135

최은영 | 이모에게_ 175

심사 경위 및 심사평

　김유정기념사업회가 주최하는 김유정문학상이 올해로 17회를 맞았다. 올해 김유정문학상 심사는 소설가 이승우를 위원장으로, 문학평론가 김경수, 신수정, 정홍수가 맡았다. 2022년 8월부터 2023년 7월까지 등단 5년 이상의 소설가가 문예지와 온라인 웹진, 창작집 등에 발표한 중·단편소설을 대상으로 심사를 진행했다. 심사 일정을 정하는 온라인상의 예비 모임을 거쳐, 7월 17일 본심 추천작을 취합하는 일차 심사 모임을 가졌다. 여기서 모두 열 편의 작품이 정해졌다. 한 달여의 숙독 기간을 거쳐 8월 18일 본심작과 수상작을 가리는 최종 심사 모임이 있었다. 먼저 본심작을 가리는 심사가 진행되어, 김병운의 「세월은 우리에게 어울려」, 김이정의 「만유당」, 김혜진의 「푸른색 루비콘」, 전성태의 「조용한 생활」, 조경란의 「검은 개 흰 말」, 최은영의 「이모에게」 등 모두 여섯 편의 수상 후보작이 결정되었다. 이후 수상작 선정 논의에 들어갔고, 토론과 투표를 거쳐 대상 작품을 두 편으로 압축했다. 적지 않은 논의가 있었지만, 결국 사람 사이의 심연을 서늘하게 부조해내면서도 상실과 불모의 시간에 찾아드는 다디단 물 한 잔의 위로와 평화를 외면하지 않은 김혜진의 「푸른색 루비콘」의 깊은 소설적 울림에 심사위원들의 지지가 모였다. 김혜진의 소설에서 아내의 사후 사람들과의 관계에 어려움을 겪는 한 인물의 진정한 혼란은 자신이 잃어버린 게 무엇인지, 그리고 자신에게 남은 게 무엇인지 알지 못한다는 뜻밖의 사실로부터 온다. 이만하면 괜찮게 살아온 게 아닌가 하는 인물의 자기기만을 아무렇지도 않게 허물어버리는 꾀죄죄하고 무례한 남자의 등장은 혹 너무 '소설적인 것'은 아닐까. 그러나 주인공의 눈길을 계속 붙잡는 교회 십자가 아래 '얼룩'에 삶의 진짜 이야기들이 들어 있을 가능성이 높다면, 커다란 마대에 교회 공사장 폐기물을 담아 컨테이너와 비닐 천막으로 이루어진 거처를 오가는 이 인물의 후줄근함에는 이러저러한 현실의 테두리를 왜소하게 만들어버리는 담대함이 있다. 그는 산 밑 공터의 컨테이너에서 양봉을 하며 혼자 살고 있는 현재 외에는 알려주는 것이 없는데, "낙서 같기도" 하고 "얼룩 같기도" 한 인물의 존재는 이상한 방식으로 주인공을 꾸짖고 위로한다. 김혜진은 현실의 누추함 그 자체이기도 하지만, 얼마간 저 너머에서 건너온 듯한 인물을 단편소설의 여백 안에 무심하게 안착시킨다. 이 작품에는 근대의 소설이 일찌감치 떠나온 구원의 상상력이 공터의 풍경 속에 폐기물의 잔해처럼 희미하게 흩뿌려져 있다. 그것이 공터 천막 마당에 앉은 주인공에게 한 줄기 따뜻한 햇살, 잠깐의 평화로 찾아드는 순간의 감동은 구원의 서사에서 이제 내줄 게 별로 없는 소설이 마지막까지 여투어둔 "아주 사소한" 그러나 꽤 끈덕진 "보상"일지도 모른다. 수상자에게 축하를 보낸다.

심사위원 이승우, 김경수, 신수정, 정홍수(대표 집필 : 정홍수)

수상 소감

    이 소설에는 주인공이 십자가를 올려다보는 장면이 두 번 나옵니다.

    정확히 말하면 십자가 아래 얼룩진 뭔가를 보는 것입니다. 그는 사로잡힌 듯 그것을 골똘히 응시합니다. 그러나 그가 무엇을 보았는지, 보려고 했는지 저는 알지 못합니다.

    이런 말이 이상하게 들릴지도 모르겠습니다.

    작가는 이야기를 구상하고, 장면을 배치하며, 무수한 세부에 의미를 부여하는 사람입니다. 그러므로 자신이 쓴 소설에 관해 모른다고 답하는 건 일견 무책임해 보이기도 합니다. 저역시 작가라면 적어도 자신이 쓴 글에 관해서만큼은 무엇이든 명확하게 답할 수 있어야 한다고 생각했던 적이 있습니다.

    지금은 그렇게 생각하지 않습니다.

    제가 쓴 것이 틀림없는 소설이지만 그 안에 항상 제가 해명

할 수 없는 부분이, 납득할 수 없는 지점이 존재하기 때문입니다. 저도 모르게 쓰이는 것이 있고, 그것이 독자에게 가서 비로소 해석을 얻을 수 있다는 것을 알기까지 긴 시간이 걸렸습니다. 알고 쓰이는 것과 모르고 쓰이는 것의 총합이 소설이라는 생각도 뒤늦게 하게 되었습니다.

한 사람의 행위가 관계와 상황, 시간의 흐름에 따라 달리 해석되듯 소설의 감상 또한 저마다의 사정 속에서 다르게 이해되는 것이 이제는 당연하다 여겨집니다. 어쩌면 그것이 순간 속에서 각자가 이야기를 소유하는 방식이자 소설이 진짜 완성되는 지점이 아닐까 싶기도 합니다.

이 상은 제가 미처 다 헤아릴 수 없는 그런 우연과 오해를 더 신뢰해도 된다는 주문처럼, 당부처럼 느껴집니다. 크나큰 격려와 응원을 얻었습니다.

고맙습니다.

김혜진

김혜진

푸른색 루비콘

© 이한솔

2012년 동아일보 신춘문예에 당선되며 작품 활동 시작. 소설집
『어비』『너라는 생활』『축복을 비는 마음』, 장편소설 『숭앙역』
『딸에 대하여』『9번의 일』『불과 나의 자서전』『경청』, 짧은 소
설 『완벽한 케이크의 맛』 등이 있음. 중앙장편문학상, 신동엽문
학상, 대산문학상 등을 수상.

새 신자 성경 수업의 첫날.

그는 사람들이 돌아가며 자기소개를 하는 모습을 멍하니 지켜보다 자신의 차례가 되었을 때 자리에서 일어났다. 얼핏 봐도 열 명이 훨씬 넘는 사람들의 시선이 일제히 그를 향했다.

그는 고개를 까닥하며 말했다.

손경수라고 합니다.

그런 후엔 무슨 말인가를 보태려고 했다. 고심했던 말들이, 준비했던 말들이 있었다. 그는 자신의 나이를, 출신을, 경력을, 사는 곳을, 이곳에 온 계기를, 하다 못해 지금의 소감이나 각오를 짧게 밝힐 수도 있었다. 그러나 그러지 못했다. 어떤 말들은 불필요한 것 같았고, 부적절한 것 같았고, 지나친 것 같았다.

사람들의 눈을 피해 다니던 그의 시선이 벽에 걸린 십자가에 닿았다. 짙은 갈색의 그것은 투박하고 밋밋하게 보였다. 은혜니, 사랑이니, 은총이니 하는, 그곳 사람들이 습관처럼 말하는 그런 따스하고 다정한 기운은 느낄 수 없었다. 아니, 사실 그가 보는 것은 따로 있었다. 십자가 아래 거무스름한 자국이었다. 낙서 같기도, 얼룩 같기도, 스티커 같기도 한 무언가. 그는 눈을 가늘게 뜨고 그것을 알아보려고 애쓰다가 그대로 자리에 앉았다.

그러면서 생각했다.

거의 칠순에 가까운 자신이 다들 어렵지 않게 해내는 이런 일 앞에서 왜 이토록 쩔쩔매는가 하고. 그는 지난해 죽은 아내를 떠올렸다. 아내가 있었을 때, 그는 자신을 설명할 필요가 없었다. 그가 만났던 이들은 대개 그에 대해 알만큼 아는 가족이었고, 친지였고, 친구였고, 동료였고, 지인이었다. 새로운 모임에 나가거나 낯선 사람을 대면할 때면 아내가 늘 먼저 나서서 그를 소개했다.

아내가 떠나고 그 사람들과의 관계는 서서히 끊어졌다. 그건 어떤 갈등에서 비롯된 것도, 누군가의 잘못 때문도 아니었다. 그는 아내의 부재를 거듭 실감케 하는 그들과의 만남이 불편했고, 그들은 갑자기 상처한 그를 어떻게 대해야 할지 알지 못했다. 그들과의 관계는 조심스러움과 껄끄러움, 어색함과 미숙함 사이를 이리저리 표류하다 어디론가 떠내려가버렸다. 그에게 익숙함을 주던 관계들, 자연스레 이뤄지던 만남들, 아내가 있어서 가능했던 인연들. 그런 것들은 그렇게 막을 내렸다.

그는 아내에게 고마움과 미안함을 동시에 느꼈다. 이어 한 번도 그런 생각을 하지 못했다는 사실에, 이제야 그걸 깨닫게 된 자신에, 더는 그 같은 일을 대신해줄 아내가 존재하지 않는다는 현실에, 새삼스레 충격을 받았다.

그래서였을 것이다.

이후 간식을 먹으며 담소를 나누는 시간에 그는 곁에 앉은 사람에게 말했다. 이만하면 자신은 괜찮게 살아온 편이라고, 충분하다고 할 순 없지만 그럭저럭 만족하게 된다고. 상대의 반응이 괜찮으면 더 말할 의향도 있었다. 자신은 중학교 행정실에서 삼십 년 넘게 일했는데, 퇴직하던 날에(그날은 4월 11일 화요일이었다) 정말 예쁜 꽃바구니를 받았다고. 요즘도 가끔 그 꽃바구니 사진을 찾아볼 때가 있다고. 그러면 그날의 장면이 생생하게 떠오른다고.

중요한 이야기는 아니었다. 거창한 의미를 담은 말도 아니었다. 다만 그 순간, 어떤 식으로든 자신을 조금 더 설명해야 한다는 강박이 그를 사로잡은 거였다. 그는 자신이 누구인지 밝히는 이런 일에 익숙해지고 싶었다. 한번쯤은 제대로 해내고 싶었고 그래서 어렵게 용기를 낸 것이었다.

그래요?

곁에 앉은 사람은 귤을 까먹으며 심드렁하게 대꾸했다. 쉰이 조금 넘었을까 싶은 남자였다. 남자는 그를 한번 돌아보지도 않고 골똘한 표정으로 귤을 씹고 삼키는 데만 열중했다.

그러다 간식이 놓인 테이블 위를 가리키며 물었다.

이거 안 먹을 거죠?

그런 후엔 테이블 위에 놓인 귤 두 개를 아무렇지도 않게 점퍼 호주머니에 넣었다. 남자의 호주머니 속에는 귤만 있는 게 아니었다. 비스킷 두 봉지, 캐러멜과 사탕, 바나나와 두유까지. 야무지게 챙긴 간식들로 호주머니는 불룩했다.

그는 괜한 말을 했다고 후회했다.

말할 상대를 잘못 골랐다는 생각이 들어서였다. 그런 생각에 확신을 준 건 또 있었다. 남자가 걸친 검정색 점퍼. 색이 바래기 시작한 그 점퍼 여기저기 달라붙은 깃털 때문이었다. 그건 오리털이나 거위털 같은 의류 충전재는 아닌 듯했고, 그게 아니더라도 점퍼는 후줄근하고 꾀죄죄했다. 그는 남자의 옆얼굴을 조심스레 훑었다. 덥수룩하게 수염이 자라난 입가와 귀를 반쯤 덮은 머리칼. 남자에게선 좋지 않은 냄새까지 나는 듯했다. 그는 다른 쪽으로 고개를 돌려버렸다. 그가 보기에 남자는 대화를 나눌 만한 상대가 아니었다.

근데 아까 나이도 말했어요? 올해 나이가 어떻게 되는데요?

별다른 말이 없던 남자는 수업이 끝날 무렵 이렇게 물었다. 그가 대충 주변을 정리하고 막 일어서려던 때였다.

내 나이요?

네, 그냥 뭐 괜찮게 살았다는 그런 건 언제 알 수 있나 해서요.

그는 남자의 얼굴을 똑바로 봤다. 그 말 속에서 가시를 느겼기 때문이다. 그러나 남자의 얼굴에선 아무것도 읽어낼 수 없었다. 그것이 묘하게 기분을 더 상하게 했다. 그는 그 질문에 답하지 않았고 답할 생각도 없었지만 그런 의사를 단호히 밝히지도 못했다. 그가 우물쭈물하고 있는 사이, 남자가 누군가에게 말을 걸며 회의실을 나가버렸기 때문이다.

그는 무례한 사람이라고 생각했다. 본데없는 사람이라고 여겼다. 불쾌했고 언짢았다. 그러나 그런 감정에 오래 사로잡혀 있지는 않았다. 그는 그 모든 걸 거기 그대로 두고 왔다. 사람들에 섞여 교육실을 나올 때, 본당을 가로지를 때, 대형 십자가를 향해 고개 숙인 사람들을 지나칠 때, 교회 주차장에서 차를 몰고 나올 때. 그러니까 살면서 그가 수없이 반복했던 실수. 타인의 말과 행동, 표정을 집까지 가져와서 그것을 상기하고, 복기하고, 되짚으며 자신의 기분을 엉망으로 만드는 짓만은 하지 않으려고 애썼다.

한 주 뒤, 수요일 오후에 그는 다시 교회로 갔다.

새 신자 교육은 한 주에 한 번, 8주간 진행될 예정이었고, 일곱 번이 더 남아 있었다. 간절히 신앙을 구할 이유도, 간곡히 기도를 올릴 사정도, 신실한 신자가 될 의지도 없으면서 그는 일찌감치 집을 나섰고 교육실 한쪽에 자리를 잡았다.

사실 그에겐 다른 대안이 없었다.

그가 여기까지 온 건 아들 때문이었다. 아내가 죽은 뒤로 아들은 그를 볼 때마다 뭐든 하라고 말했다. 혼자 집에만 있지 말고, 나가서 사람들도 만나고, 모임에도 참석하고, 취미도 가지라고 권했다. 그건 권유였지만 부드러운 방식은 아니었다. 그때마다 아들의 얼굴에 어른거리던 것이 일종의 두려움이라는 사실을 그는 나중에 알았다. 홀로 남은 자신에 대한 불안과 걱정, 부담감과 죄책감 같은 것들이 아들을 계속 짓누르는 모양이었다.

때때로 그는 아들이 자신을 다그치는 것 같았고, 몰아세우는 것처럼 느꼈지만 그것에 대해 말하지 않았다. 오래전, 그 역시 아들에게 비슷한 말을 한 적이 있었다. 종일 방에만 있지 말고, 나가서 친구도 사귀고, 세상도 배우고, 직업도 가지라고 엄하게 다그친 적이 있었다. 그는 아들의 말에 고개를 끄덕이면서, 그렇게 하겠다고 약속하면서 생각했다. 지금은 정확히 기억나지도 않는 그 시절, 자신의 말을 묵묵히 듣고 있었던 어린 아들의 심정에 대해. 틀림없이 다정한 것과는 거리가 멀었을 자신의 방식에 대해.

그가 가장 먼저 간 곳은 집 근처 헬스장이었다.

1층에 복권 판매점, 2층에 내과와 정형외과, 3층에 입시학원이 있는 낡은 상가 건물. 헬스장은 4층이었는데 쾌적하다는 인상을 받진 못했다. 일단 해가 잘 들지 않았고 조명이 어두웠다. 공간이 협소한 편이어서 기구와 기구 사이 간격도 좁았다. 그러나 그의 신경을 거슬리게 한 건 따로 있었다. 노래였다. 헬스장에서 흘러나오는 노래는 하나같이 시끄럽고 정신없고 산만했다. 도무지 가사를 알아들을 수 없는 노래들이 쉬지 않고 반복됐다.

실례합니다. 여기 나오는 음악 말입니다.

어느 날, 그가 용기를 내어 말했을 때 안내 데스크를 지키던 청년은 대꾸했다.

아, 음악은 정해져 있는 거라서요.

그는 그 대답이 이상하다고 느꼈지만 침착하게 되물었다.

그걸 정하는 사람이 따로 있습니까?

아, 아뇨. 뭐 꼭 정한다, 이런 개념이 아니라요. 저희가 회원님들 선호하시는 노래를 틀거든요. 그래서 최신곡 위주로 돌리고 있고요. 여기 다 운동하러 오시는데 텐션 떨어지면 좀 그렇잖아요. 노래도 분위기에 맞게 틀어야죠.

그가 무슨 대답을 하기도 전에 청년은 고개를 저었다.

아무튼 그래요. 노래는 어쩔 수가 없어요. 죄송하지만 안 돼요.

하마터면 그는 자신이 어떤 요구를 했다고 착각할 뻔했다. 청년은 컴퓨터 아래 선반을 뒤지며 중얼거리듯 말을 이었다.

여기 음악이 좀 그러시면 이어폰으로 딴 거 들으시면 돼요.

뭐라고 했습니까? 잘 안 들리네요.

그가 되묻자 청년은 양손 검지로 귀를 가리키며 목소리를 높였다.

이어폰이요. 듣고 싶은 노래가 있으면 이어폰으로 들으시면 된다고요.

그러더니 급한 용무가 있는 사람처럼 서둘러 직원 전용 공간으로 들어가버렸다.

그는 무리한 요구를 하려던 게 아니었다. 그저 노랫소리가 조금 큰 것 같다고, 볼륨을 약간만 낮춰달라고 청할 생각이었다. 그런데 무슨 말을 하기도 전에 거절당했다는 생각이 들었다. 그는 머쓱했고 무안했다. 의아했고 당혹스러웠다. 끝까지 남은 건 억울함이었다.

그건 거절 때문이 아니었다. 뭐랄까. 자신의 눈 앞에서 매몰차게 문을 닫아거는 듯한 청년의 태도가 마음에 걸렸다. 그러니까 몇 차례 그도 목격한 적이 있는, 다짜고짜 안내 데스크로 달려가서 자신의 요구사항을 일방적이고 집요하게 늘어놓는 늙은이 취급을 받았다는 확신을 떨칠 수 없었다. 그럼에도 그는 집으로 돌아오는 길에 자신이 그런 취급을 받을 만한 어떤 빌미를 준 것은 아닌지 곰곰이 따져보았고, 스스로의 언행을 차분하게 되짚었다. 어떻게 해도 멈추지 않던 그 생각은 어쩌면 자신이 그럴 만한 행동을 했을지도 모른다는 결론에 이르고 나서야 멈췄다.

그는 그 헬스장을 한 달 남짓 더 다녔다.

주로 이른 오전에 트레드밀을 이십 분 정도 걷고, 비교적 다루기 쉬운 기구에 앉아 팔다리를 이리저리 움직였다. 그러면 열이 오르고, 땀이 흐르고, 기분 좋은 활기가 느껴질 때도 있었다. 낯익은 얼굴들도 생겨났다. 누군가와 대화를 나눌 뻔한 기회도 몇 차례 찾아왔다. 그러나 누군가와 대화를 나누지는 못했다. 상가 엘리베이터 점검이 있던 날, 4층까지 계단을 오르다가 오른쪽 발목을 삐끗한 탓이었다. 그는 대수롭지 않게 여겼고 그것이 문제를 키웠다. 헬스장에서 나왔을 땐 발목 근처에 머물던 통증이 다리 전체로 번졌고 다음 날이 되자 제대로 걷기조차 힘들었다.

헬스장을 그만둔 뒤, 그가 한쪽 다리를 절뚝거리며 찾아간 곳은 인근 주민센터였다.

그곳에서 그는 스마트폰 활용 강좌를 들었다. 일곱 명 남짓한 수강생들은 점잖았고, 강사는 예의 발랐다. 그곳엔 그의 신경을 곤두서게 하는 시끄러운 음악도, 눈을 침침하게 하는 어두운 조명도, 대놓고 그에게 무안을 주는 직원도 없었지만 마음이 아주 편하지는 않았다. 처음 몇 주간 그는 다른 수강생들과 인사를 나누면서, 수업에 집중력을 발휘하면서, 매일 주어지는 과제를 그럭저럭 해내면서 약간의 자신감을 되찾았다. 비로소 자신에게 어울리는 어떤 곳을 찾았다는 옅은 안도감에 휩싸일 때도 있었다.

그러나 한 달을 채우지 못하고 그곳을 나왔다.

이후 그는 구청에서 하는 사진 입문 강좌에 등록했다. 복지센터에서 오카리나 연주하는 법을 배웠고, 자서전 쓰는 모임에 나갔다. 민간 자격증을 준다는 약초 수업에 참여했고, 문화재 해설사 과정을 기웃거리기도 했다. 모두 오래가지는 못했다. 그때마다 그는 수업이 장황하고 지루하다고, 쓸데없이 암기해야 하는 것이 많다고, 여러모로 자신에게 맞지 않는다고 스스로를 합리화했다.

사람들이 그에게 적대적으로 군 건 아니었다. 대놓고 무시

하거나 무안을 주지도 않았다. 오히려 사람들은 그에게 호의를 보였고, 예의를 갖췄고, 친절을 베풀었다. 뭐랄까. 사람들은 그가 모르는 것을, 그가 할 수 없는 것을, 기꺼이 대신할 준비가 되어 있는 것 같았다. 그가 뭔가를 단번에 이해하지 못할 때, 같은 질문을 반복할 때, 멈칫하거나 당황하는 기색을 보일 때. 그럴 때면 언제 어디서든 도움을 주겠다는 사람이 나타났다.

그가 그것을 원하는지, 원하지 않는지는 중요하지 않았다.

그는 이런 느낌을 떨칠 수 없었다.

온전히 받아들여지지 않는다는 느낌. 묘하게 불청객이 되어가는 느낌. 잘못된 곳에 와 있는 느낌. 그와 사람들 사이에는 뭔가가 있었다. 소통을 방해하는 뭔가가. 관계를 가로막는 뭔가가. 매번 그를 주저하게 하고, 망설이게 하고, 결국 나가떨어지게 하는 뭔가가.

그러므로 이번 성경 수업도 그런 식으로 막을 내릴 가능성이 컸다.

그렇게 된다면. 또 그런 일이 생긴다면. 그는 아무것도 더 시도하지 않을 생각이었다. 어느 날은 뭐든 해낼 수 있을 것 같다가 어느 날은 아무것도 할 수 없을 것 같고. 아직은 괜찮은 것 같다가 모든 게 엄두가 나지 않는. 말하자면 그는 새로운 만남 앞에서, 낯선 사람들 사이에서 갈팡질팡하며 어쩔 줄 몰라하는 자신의 모습이 한심하고 답답했다.

어? 차가 있네요?

수업이 끝난 뒤 그가 주차된 차로 가고 있을 때, 누군가 큰 소리로 말을 걸었다. 남자였다. 검은 점퍼를 입은 남자. 그는 주차장 근처를 어슬렁거리다가 그를 보며 손을 들었다. 그는 고개를 까딱하고 말았다. 남자는 슬그머니 다가왔고 그와 나란히 걷기 시작했다. 해가 좋은 날이었다. 부드러운 바람 속에서 아주 가까이 온 봄을 실감할 수 있었다.

차를 타고 와요? 왜요? 집이 멀어요? 근처가 아닌가 보죠?

남자가 물었고 그가 마지못해 답했다.

집은 가깝습니다. 걸어다녀도 되는데 요즘 내가 다리가 아파요. 한참 전에 발목을 삐끗했는데 잘 낫지가 않네요.

그래요? 나도 다리가 정상이 아닌데. 이거 봐요.

남자가 한쪽 바지를 걷어 정강이를 보여주었다. 길고 붉은 흉터 자국이 드러났다. 남자는 오 년 전에 수술을 받았는데 그게 잘못된 바람에 죽을 때까지 고생하게 생겼다며 투덜거렸다.

조심해야겠네요.

그가 스마트키를 눌렀다. 저쪽에 주차된 그의 차에서 삐빅 하는 소리가 났다. 그는 남자에게 다시 고개를 까딱했다. 그만 가달라는 의미였다. 그러나 남자는 그를 앞질러 가더니 그의 차 앞에 섰다. 그러고는 손으로 차체 여기저기를 쓸어보며 감탄했다.

이 차예요? 야, 차 좋네요. 취향이 은근 신식이시네. 이거 외제 차죠?

남자는 작정한 듯 차 주변을 크게 한 바퀴 돌았다. 차창에
이마를 대고 차 안을 들여다보기까지 했다. 그의 차, 루비콘
을. 햇살 아래서 푸른색 루비콘이 반짝였다. 그건 몇 년 전,
아들이 그에게 준 것이었다. 그냥 준 것은 아니었고, 그 차를
받는 조건으로 아들에게 목돈을 내줘야 했다. 빌려준다는 명
목이었지만 돌려받긴 힘든 돈이었고, 겉으로 멀쩡해 보이는
그 차를 타고 다닐 정도로 수리하는 과정에서 적지 않은 돈이
들었다. 아내의 간곡하고도 집요한 설득이 아니었다면 벌이
지 않았을 일이었다.

그는 그 차가 마음에 든 적이 한번도 없었다고 말하는 대신
이렇게 대꾸했다.

먼저 가보겠습니다.

그런 후에 운전석 문을 열었다. 그리고 남자의 목소리가 그
를 붙잡았다.

잠깐만요. 그런데 나 좀 태워줄 수 있을까요? 저쪽에 짐이
좀 있는데, 무거워서 엄두가 안 나네요. 멀진 않아요. 진짜
가까워요. 여기서 십 분 정도?

남자는 턱짓으로 주차장 뒤편을 가리키며 말을 이었다.

괜찮죠? 잠깐 있어요. 금방 가져올 테니까. 얼마 안 걸려요.

남자가 들고 온 건 커다란 마대였다. 합판 조각들이 담긴
자루는 금방이라도 찢어질 듯했다. 그것이 본당 리모델링 공
사의 폐기물임을 그는 나중에 알았다. 자루는 총 세 개였고,
결국 보다 못한 그가 남자를 도와 마지막 자루를 함께 끌고

왔다.

그는 남자가 일러주는 대로 운전했다. 교회 주차장을 벗어나 아파트 단지가 늘어선 4차선 도로로 접어들면서, 복잡한 골목길을 통과하면서, 약국과 편의점, 미용실과 빵집을 지나치면서 그는 생각했다. 남자의 부탁을 왜 거절하지 못했을까 하고. 무례하기 짝이 없는 이런 요청에 왜 응했을까 하고. 그러나 남자와 알 수 없는 목적지를 향해 가는 기분이 썩 나쁘진 않았다. 무엇보다 조수석에 누군가 탄 게 아주 오랜만이어서 이따금 지난 시절이 떠올랐다. 어떤 장면은, 어떤 순간은 그의 마음을 말할 수 없이 환하게 만들었다.

골목 끝에 이르자 비포장길이 나타났고, 흙먼지가 이는 좁고 가파른 길이 이어졌다.

차가 멈춘 곳은 등산로에서 멀지 않은 곳이었다. 컨테이너와 소형 트럭 한 대, 비닐 천막과 쓸모를 알 수 없는 목재 더미가 여기저기 쌓여 있는 공터. 남자의 말처럼 교회에서 먼 곳은 아니었다. 그곳은 그의 동네라고 해도 좋았다. 그러나 그가 전혀 예상하지 못한 풍경이어서 아주 멀리까지 왔다는 착각이 들었다.

요 앞에 세워요.

남자가 말했고 그가 차를 세웠다.

요걸로 애들 집을 좀 고쳐줄까 싶어서요. 우리 애들 사는 집이 영 부실해서. 아, 내가 벌을 키우거든요. 벌 알죠? 꿀벌. 꿀 모으는 벌요.

남자는 트렁크에서 자루를 하나씩 내리며 목소리를 높였고, 짐을 다 내린 후에는 약간 들뜬 목소리로 천막 아래를 가리켰다.

저기 보이죠? 저게 벌통인데 다 시원찮아요. 누가 준다고 해서 좋다고 가져왔더니. 저렇게 고물을 줄 줄 누가 알았나.

천막 아래, 서랍장처럼 생긴 나무 상자들이 보였다. 상태가 그리 좋아 보이진 않았다. 크기와 모양이 제각각이었고, 비닐과 헌 옷 같은 것들로 엉성하게 덮인데다 청 테이프 흔적까지 그대로 남아 있었다. 그러나 나름대론 공을 들인 모양새였고 꽤 정성이 느껴졌다.

한번 볼래요? 벌통 실제로 본 적 없죠?

그는 남자를 뒤따라갔다. 남자가 벌통의 뚜껑을 열고 납작한 틀 하나를 꺼냈다. 순식간에 벌들이 달려들었다. 사나운 날갯짓 소리가 곧장 귓속으로 돌진해왔다. 그는 고개를 흔들고, 팔을 내젓고, 뒷걸음치느라 그 틀을 제대로 보지도 못했다. TV에서만 보던 벌집의 무늬도, 틀을 에워싼 꿀벌의 생김새도, 탐스러운 꿀의 빛깔도.

원래 요맘때 애들이 예민하긴 한데. 어, 왜 이러지? 오늘은 좀 심하네.

남자가 다가와서 벌을 쫓았지만 역부족이었다. 잠깐 사이, 벌들은 그의 손등과 이마, 왼쪽 어깨와 뒤통수를 쏘았다. 따끔한 느낌이 지나갔고 열감이 오르는가 싶더니 욱신거리는 통증이 찾아왔다. 남자는 꺼낸 틀을 제자리에 넣고 그를 컨테이너 쪽으로 이끌었다.

여기 있어요.

남자는 그를 컨테이너 입구에 세워둔 채 안으로 들어갔다. 슬쩍 보니 내부는 생각보다 깔끔했다. 미니 냉장고와 가스 버너, 간이 테이블이 보였고, 안쪽에 반대편으로 통하는 문이 있었다. 반쯤 열린 그 문 너머로 널찍한 마당이 보였다. 그곳도 남자가 사용하는 모양이었다. 그가 힐끔거리자 남자가 주의를 주듯 그를 몇 번 돌아보았고 아예 문을 닫아버렸다.

이거 한 장씩 대고 있어요.

남자가 가지고 나온 건 물티슈였다. 남자는 깔고 앉을 만한 종이 상자도 하나 가져다 주었다. 그런 후엔 그를 내버려둔 채 할 일을 했다. 잠깐씩 그를 돌아봤지만 아주 걱정하는 눈치는 아니었다. 남자는 자루를 천막 아래로 옮기고 내용물을 한곳에 쏟아부었다. 그런 후엔 쪼그리고 앉아서 쓸 만한 합판 조각을 골라냈다. 남자의 움직임은 자연스럽고 거리낌이 없었다. 남자는 그의 존재를 신경쓰지 않았다. 그가 거기 있다는 걸 잊은 사람 같았다.

남자의 그런 모습이 이상하게 그의 마음을 차분하게 했다. 통증이 잦아들고 약간의 한기가 느껴졌다. 그는 양지바른 쪽으로 자리를 옮기며 물었다.

양봉은 언제부터 한 겁니까? 따로 배웠어요?

남자는 엉뚱한 대답을 했다.

벌침 효과라고 들어봤어요? 요 벌침이 사실 약인 거 모르죠? 관절염, 신경통, 뭐 아무튼 그런 고질병들 있잖아요. 그거 고치려고 일부러 돈 주고 맞는 사람도 있다니까요. 에이, 이럴 줄 알았으면 아까 발목에 콱 쏘여야 하는 건데, 그럼 한 방에 낫는 건데. 안 그래요? 맞죠?

남자는 히죽거렸다. 그런 모습이 어딘가 모자란 사람 같았다. 그러나 합판 조각을 크기별로 분류하고, 남은 자투리를 드럼통에 야무지게 던져 넣을 때의 눈빛을 보면 그렇지도 않았다.

교회까지는 걸어서 옵니까? 걷기엔 좀 먼 거린데.

그가 다시 물었는데 남자는 이번에도 딴소리를 했다.

솔직한 말로 나는 교회에 갈 필요없는 사람이에요. 왜냐? 거기서 뭘 가르치는지 알거든요. 절이나 교회나 다 똑같아요. 이거 하나만 알면 돼요. 만족하세요, 감사하세요. 난 그렇게 산 지 오래됐어요. 나는요, 진짜 교회에 갈 필요가 없는 사람이에요.

만족하세요, 감사하세요, 할 때 남자는 눈을 지그시 감고 가느다란 목소리를 냈다. 성경 수업을 이끄는 전도사 흉내를 내는 모양이었다. 그는 웃지 않았다. 뭐랄까. 그 말이 묘하게 자신을 꾸짖는 것 같아서였다.

그럼 교회에 뭐 하러 옵니까?

남자는 그 질문엔 대답하지 않았다. 다만 몸을 일으키고 점퍼를 벗은 뒤 그것을 힘차게 털었다. 노란 햇빛 속에서 하얗게 먼지가 피어났다. 남자는 자욱하게 솟구치는 먼지 속에서 어깨를 으쓱했을 뿐이다.

그는 그곳에 삼십 분 남짓 머물렀다.

운전해서 나올 때 보니 사이드미러 속에 남자가 손을 흔들며 서 있었다. 남자의 모습 뒤로 남자를 둘러싼 세계가 보였다. 비닐 천막과 벌통, 컨테이너와 트럭, 판자 무더기와 용도를 알 수 없는 잡동사니로 이뤄진 세계. 봄기운이 완연한 세상과 달리 그곳은 무채색의 겨울 같았다. 손바닥만 한 사이드미러도 다 채우지 못할 만큼 그곳은 앙상했고 허름했고 너무나 보잘것없었다.

그래서 한 주 뒤에 남자와 다시 동행하게 될 거라곤 생각하지 못했다.

그날은 아침부터 비가 왔다. 수업이 끝날 무렵이 되자 가랑비처럼 내리던 빗줄기가 굵어졌고 바람이 거세졌다. 남자는 비를 맞으며 그의 차 앞에 서 있었다. 머리칼과 옷이 다 젖은 채였다.

아이, 비가 와서 그런가. 다리가 욱신거려 죽겠네요. 오늘도 짐이 있는데 잠깐 태워줄 수 있어요? 날씨가 이래서. 부탁 좀 할게요.

그는 완곡하게 거절의 뜻을 내비치려고 했으나 그러지 못했다. 느닷없이 하늘에서 천둥이 치고 번쩍하는 빛이 일었기 때문이다. 그는 천둥 번개가 치는 돌풍 속으로 한 사람을 내몰 만큼 모진 사람은 아니었다.

그럽시다. 타요.

그가 승낙하자 남자는 익숙한 듯 조수석에 올랐다. 이번에도 그는 남자가 알려주는 대로 운전했다. 길은 언젠가 본 듯했고 잠깐씩 친숙한 느낌이 들었지만 와이퍼가 빗물을 닦아낼 때마다 드러나는 풍경은 처음 와본 듯 낯설었다.

골목길에 접어들었을 때 남자가 말했다.

오늘은 저기 골목 끝에 내려주면 돼요.

비가 이렇게 오는데. 그냥 컨테이너까지 갑시다.

아니, 요 앞에 길이 비 오면 엉망이에요. 불안불안하다고 해야 하나. 거기가 정식으로 길을 닦은 데가 아니거든요. 아무튼 그래요.

왜요? 길이 있잖아요.

그게 정식으로 닦은 길이 아니고 내가 깔았어요.

그 길을 깔았다고요?

그럼 어째요? 트럭도 몰아야 하고, 자전거도 끌어야 하고, 한 번씩 리어카도 써야 하는데.

그걸 혼자 했습니까?

왜 못해요. 얼마든지 하죠. 시간이 좀 걸린다 뿐이지. 말하자면 긴데, 그 이야긴 다음에 해줄게요. 비 안 맞았을 때. 날씨 쨍할 때.

이어 남자는 발밑을 내려다보며 중얼거렸다.

아이고, 우리 애기들이 여기 있네요.

남자가 집어 올린 건 벌이었다. 죽은 벌 세 마리. 남자는 그것들을 손바닥 위에 올려놓고 요리조리 살피더니 나지막하게 소곤거렸다.

불쌍한 놈들. 좋은 곳으로 가라. 아멘.

그는 남자의 요청대로 골목이 끝나는 지점에 차를 세웠다. 거기서 컨테이너까지는 꽤 걸어야 했다. 비가 쏟아지고 있었지만 남자는 씩씩하게 내렸고 가져온 짐 가방을 챙겼다.

그건 뭡니까?

그가 물었고 남자가 대답했다.

옷하고 그릇하고 뭐 이것저것. 버린다기에 들고 왔죠. 아무튼 이 교회는 이름처럼 참 사랑이 넘칩니다. 맞죠?

남자는 경례하듯 한 손을 이마에 갖다 댄 다음 빗속으로 뚜벅뚜벅 걸어갔다.

그는 궁금했다. 남자의 집이 그 공터인지. 언제부터 거기 살았는지. 가족들은 있는지. 그곳이 그의 소유인지, 빌린 곳인지. 허가를 받았는지, 무단으로 점유하고 있는지. 양봉으로 생활을 제대로 꾸릴 수 있는지. 그렇게 사는 이유가 무엇인지. 그러나 오래 생각하지는 않았다. 더는 그곳에 갈 일이 없다고 여겼기 때문이다.

그는 성경 수업에 계속 나갔다.

그곳이 자신에게 어울린다는 확신이 든 건 아니었다. 수업에 큰 흥미를 느낀 것도 아니었다. 그는 얼마간 체념한 상태였다. 새로운 사람을 만나고, 관계를 맺는 일이 꼭 필요한가 하는 의문이 들기 시작했고, 뭘 더 하고 싶은 마음이 생겨나지 않았다. 그는 그만 포기하고 싶었다. 아니, 마음속으로는 이미 포기한 것이나 다름없었다.

한동안 남자는 어떤 부탁도 하지 않았다. 그와 마주치면 경례를 하며 알은체를 했지만 그뿐이었다. 그리고 수업 마지막 날, 남자는 또 그의 차 앞에 서 있었다. 남자는 그를 향해 손을 흔들었고 익숙한 듯 용건을 밝혔다. 차를 태워달라는 거였다. 그건 부탁이 아니라 요구처럼 느껴졌고 그런 남자의 태도가 뻔뻔하다는 생각을 그는 처음으로 했다.

그래서 이렇게 물었다.

지난번에 보니 트럭이 있던데. 그걸 가지고 다니면 되지 않아요?

에이, 그런 걸 어떻게 갖고 와요. 누가 반긴다고. 이런 데 세워두면 다 꼴 보기 싫어하죠.

오늘은 내가 바쁜 일이 있습니다.

그는 정중하지만 냉담한 목소리로 말했다.

에이, 여기서 얼마 걸리지도 않는데요? 금방이잖아요.

남자의 그 말이 그의 인내심을 무너뜨렸다.

처음이 아니잖아요. 내가 그렇게 여유 있는 사람처럼 보입니까?

그는 자신이 베푼 호의와 남자로 인해 허비한 시간, 그곳에 다녀올 때마다 세차를 하는 등의 수고로움에 대해선 언급하지 않았다. 남자는 물러서지 않았다. 오히려 그와 눈을 똑바로 맞추며 이렇게 되물었다.

여유고 뭐고 아무리 그래도 내 처지보다는 낫죠. 나랑 뭐

비교할 수나 있어요? 그렇잖아요. 맞잖아요.

원망이 담긴 목소리는 아니었다. 공격적인 말투도 아니었다. 남자는 의아한 얼굴로 묻고 있었다. 정말 그렇지 않냐며 동의를 구하고 있었다. 그것이 이상한 방식으로 그의 마음을 누그러뜨렸다. 뭐랄까. 그가 내내 주시하고 있는 상실한 어떤 것들이 아니라 여전히 자신에게 남은 어떤 것들을 떠올리게 했다.

결국 그는 남자와 함께 다시 공터로 향했다.

차가 도로와 골목을 차례로 지나 흙먼지가 이는 비탈길에 진입했다. 그리고 멀리 배구공 같은, 깨진 화분 같은 뭔가가 그의 눈에 들어왔다. 그걸 피하려고 핸들을 틀었는데 차가 덜컹하고 내려앉더니 멈춰버렸다. 내려서 보니 뒷바퀴 하나가 흙구덩이에 빠져 있었다. 그는 별일 아니라고 여겼다. 남자가 대수롭지 않게 반응한 탓이었다. 남자는 큼직한 돌들로 능숙하게 구덩이를 메운 뒤 말했다.

자. 밟아요. 핸들 틀고, 천천히.

그는 가속페달을 밟고 또 밟고 계속 밟았다. 엔진음이 거세졌고, 바퀴 헛도는 소리가 요란했다. 차는 숨을 몰아쉬듯 들썩거렸지만 구덩이를 빠져나오지 못했다. 남자가 차를 밀기 시작했다. 사이드미러 속에서 차를 힘껏 미는 남자의 모습이 보이다가 말다가 했다. 컨테이너까지는 더 가야 했다. 오가는 차가 없어 도움을 구할 수도 없었다. 그는 운전석에서 내려 차의 상태를 확인했고, 다시금 운전석으로 돌아갔다. 어쩐지 차는 점점 더 진창에 빠지는 것 같았다.

가서 그 트럭 가져올 수 있습니까? 트럭에 연결해서 끌어 봅시다.

한참 만에 그가 제안했는데 남자는 엉뚱한 소리를 했다.

나와요. 내가 해볼 테니까 내려요. 뒤에 가서 차를 밀어요.

남자가 고집을 부렸고 결국 그가 운전석을 내줬다. 남자가 하나, 둘, 셋 외치면 그가 차를 밀었다. 뜨거운 매연과 흙먼지가 솟구쳤다. 그는 눈도 제대로 뜨지 못한 채 두 손에 체중을 실었다. 차는 꿈쩍도 하지 않았다.

쉬지 말고 계속 밀어요!

남자가 소리쳤다.

그는 기침을 하면서, 땀을 흘리면서, 눈을 깜빡이면서 차를 밀었다. 발이 미끄러지고 몸의 중심이 휘청했다. 그는 몇 번이고 바닥에 고꾸라질 뻔했다. 그는 생전 처음 겪는 이런 상황이 난감했다. 아니, 자신을 점점 더 버거운 상황 속으로 몰아넣는 시간이 야속하고 원망스러웠다. 코가 매웠고 눈이 따끔거리며 눈물이 나오려고 했다. 아니, 그보다 더 절박하고 간절한 뭔가가 내부에서 넘칠 듯 일렁거렸다.

그는 생각했다.

정말 더는 못하겠다.

그는 사람에 대한 갈망이 크지 않았다. 새로운 만남이 기대되지 않았고, 사람들과 어울리는 데서 재미를 찾지 못했다. 그는 관계 안에서 기쁨과 만족을 얻는 부류가 아니었다. 그의 관심은 늘 외부가 아닌 내부에 있었다. 그는 사람을 만나고 관계를 이어가는 일에 소질이 없었다. 늘 어려운 숙제처럼 여겨지는 그 일을, 도무지 익숙해지지 않는 그 일을, 그럼에도 그는 그럭저럭 해왔다고 생각했다.

아내가 죽었을 때, 그는 낙담했지만 자신의 남은 삶을 걱정하지 않았다. 대체 불가한 관계를 잃었다고 생각했지만 남은 관계를 염려하지는 않았다. 그는 자신이 중요한 것을 상실했고, 그것이 무엇인지 제대로 안다고 믿었지만 여전히 모르는 게 틀림없었다. 자신이 누구를 잃었는지, 무엇을 잃었는지. 자신이 잃은 게 아내인지, 자신인지. 자신과 아내가 공유했던 것인지. 생각이 갈팡질팡하면서 그의 마음을 난장판으로 만들었다.

이 차까지 말썽이구나. 이제 이 차까지.

그는 중얼거렸다. 그리고 한순간 차가 구덩이를 빠져나왔다. 그가 포기하겠다고 결심했을 때. 그가 손을 떼고 차에서 한 걸음 물러났을 때.

공터에 도착하고 나서 남자는 컨테이너 안으로 그를 이끌었다. 이어 반대편으로 통하는 문을 열어주었다. 커다란 나무 아래 3인용 소파가 있었다. 그는 페인트 얼룩과 찢어진 자국을 피해 소파 끄트머리에 앉았다.

마셔요.

남자가 물 한 잔을 가져다주었다. 플라스틱 컵에 담긴 물은 미지근했지만 달았다. 눈이 번쩍 뜨일 정도로 다디단 물이었다. 그는 자신도 모르게 컵 속을 가만히 들여다보았다.

꿀 좀 탔어요. 끝내주죠?

남자가 물었는데 그는 이런 이야기를 했다.

지난해에 말입니다. 우리 집사람이 죽었어요. 장례식장에 사람들이 참 많이 왔습니다.

그 말을 하면서 그는 생각했다. 아내의 빈소에서 사람들이 했던 말들. 휴식이니 평안이니 안식이니 하는 헛소리들. 그는 그런 말을 입에 올리는 사람들이 괘씸했다. 제멋대로 아내의 삶이 고단했다 평하는 그들의 행태가 노여웠다. 그는 그런 말들이 자신을 겨냥한다고 느꼈다.

그리고 이제 그 말들의 의미를 비로소 이해할 수 있을 것 같았다. 남자는 멀찌감치 서서 그를 돌아보았지만 별다른 반응을 보이지 않았다. 그의 말을 듣지 못한 모양이었다.

그는 생각했다.

아내는 아무도 만날 수 없고, 만날 필요도 없는 곳으로 간 거라고. 마침내 홀로 머무를 수 있는 먼 곳으로 떠난 거라고. 자신을 비롯한 수많은 사람들로 북적거리던 삶에서 놓여나 휴식과 평안, 안식이 있는 어떤 곳으로 돌아간 거라고.

그는 빈 컵을 감싸 쥐고 등받이에 머리를 기댔다.

앙상한 나뭇가지에 연둣빛 이파리들이 돋아나고 있었다. 가지 사이를 통과한 햇살이 그의 얼굴에 따뜻하게 와닿았다. 그곳의 풍경은 처음 왔을 때와는 달라 보였다. 컵을 만지작거리면 입안에서 달콤한 내음이 감돌았고, 나른한 졸음이 밀려왔다. 그 순간이 그에게 잠깐의 평화를 가져다주었다. 그것은 남자를 만난 이후 일어난 모든 일들에 대한 미약하고 아주 사소한 보상처럼 느껴졌다.

저거 시동 안 걸린 지 꽤 됐어요. 보기에 멀쩡해도 그냥 고물이에요.

남자는 그가 차에 시동을 걸고 돌아갈 채비를 할 무렵에야 트럭의 진실을 털어놓았다.

그래요. 교회에서 봅시다.

그는 그곳에서 잠깐의 평온함을 누렸다는 것이, 약간의 안락함을 얻었다는 것이 믿기지 않았다. 사이드미러로 보는 그곳은 살면서 그가 한 번도 고려해보지 않은, 어쨌든 자신의 삶에서 아주 멀리 있다고 여긴 어떤 장소처럼 보였다.

한 주 뒤 그는 교회의 정식 신자가 되었다.

수료식은 주일 예배의 마지막 순서로 열렸다. 수료식이 끝난 뒤, 그는 사람들과 함께 교육실로 이동했다. 전도사와 봉사자들이 성경책과 꽃다발을 선물로 주었다. 재킷 호주머니에 넣을 수 있을 만큼 간소한 꽃다발이었다. 사람들이 둘러앉고 나자 전도사가 그간의 일정을 짤막하게 언급했고, 사람들과 차례로 눈을 맞추며 축하 인사를 건넸다. 새 신자의 의무와 책임, 마음가짐과 생활에 대한 당부가 이어졌다.

자, 그럼 다 같이 기도하고 마치겠습니다.

한참 만에 전도사가 손을 모으고 눈을 감았다. 차분하고 느린 목소리가 실내를 고요하게 만들었다. 그는 잠깐씩 실눈을 뜨고 사람들의 얼굴을 살폈다. 남자는 테이블 끝 쪽에 앉아 있었다. 깍지 낀 손에 이마를 갖다 댄 채, 졸음에 빠진 듯 보였다. 이리저리 오가던 그의 시선이 벽에 걸린 십자가에 가닿았다. 십자가 아래, 거무스름한 자국이 보였다.

하나님, 감사합니다.

전도사가 힘주어 말했고 몇몇 사람들이 그 말을 복창하듯 따라 했다. 그도 소리내지 않고 그 말을 가만히 읊조렸다.

감사합니다.

그러면서 생각했다. 자신의 차 푸른색 루비콘과 그 앞에 서서 경례를 하던 남자의 모습을, 허름한 벌통과 합판이 담긴 자루를, 낡은 트럭과 정신이 번쩍 들 정도로 달았던 꿀물을, 사이드미러 속에서 멀어지던 낡고 초라한 전경을. 이전의 그였다면 마주할 이유도 없고, 환영할 수도 없는 이상하고 쓸쓸한 광경을. 그러나 그건 그가 혼자 힘으로 얻은 세계였다. 단 한 번도 그려본 적 없고, 상상한 적 없지만 어쨌든 지금 그에게 주어진 유일한 것이었다. 아름답지도, 근사하지도 않지만 그가 어렵게 다다른 어떤 곳이었다.

모든 일정이 끝나고 그가 십자가 아래에 서 있을 때에 사람들이 소곤거리는 소리가 들렸다.

아까 그 남자분 갔어요? 이거 작성해야 하는데, 그냥 가셨네.

교육실 뒤쪽에 봉사자 몇 사람이 모여 있었다.

누구요?

왜 수염 긴 남자분 있잖아. 교육은 성실하게 나오셨는데. 뭐

하시는 분인지는 모르죠?

몰라. 뭐 한다는 이야기를 들었는데. 연락처 안 받았어?

그는 십자가 아래 얼룩을 올려다보고 있었다. 그것은 젖은 자국 같기도 하고, 그을린 흔적 같기도 하고, 빛이 바랜 얼룩 같기도 했다. 그는 점점 더 진해지는 듯한, 미묘하게 번지는 듯한 그 자국을 골똘히 관찰하다가 사람들을 향해 말했다.

그 사람 양봉을 합니다.

서류 뭉치를 든 중년의 여자가 그를 돌아보았다.

아, 그래요? 그분을 잘 아세요?

여자가 물었지만 그는 다시금 얼룩을 올려다보는 데에 정신이 팔렸다.

성도 명부에 빠진 게 있어서 저희도 어쩌나 하고 있었어요. 그분 성함이 오영석 씨죠?

여자가 다시 물었고 그는 그제야 얼룩에서 눈을 떼고 이렇게 답했다.

그 사람 이름은 박훈식입니다. 박훈식. 그게 그 사람 이름입니다.

김병운

세월은 우리에게 어울려

2014년 『작가세계』를 통해 작품 활동 시작. 소설집 『기다릴 때 우리가 하는 말들』, 장편소설 『아는 사람만 아는 배우 공상표의 필모그래피』, 산문집 『아무튼, 방콕』이 있음. 제13회 젊은작가상 수상.

1

　장희가 부산행을 제안한 건 지난달 말이었다. 그날은 P의
2주기이자 본격적으로 여름 기운이 나기 시작한다는 절기 소
만(小滿)이었고, 우리는 진짜 P는 아니지만 P라고 믿기로 한
산사나무에 물을 충분히 준 뒤에 그 옆 벤치에 앉아 숨을 돌
리던 참이었다. 물을 주고 나면 덩달아 목이 마를 것 같아서
챙겨온 작은 생수병을 꺼내는데, 장희가 다다음 주 주말에 시
간이 되느냐고 물었다. 그 주 금요일이 건강검진일이어서 휴
무이므로 그날 늦은 오후에 출발하여 일요일 이른 오후에 돌
아오는 짧은 일정으로 부산에 다녀오자는 것이었다. 차비와
숙박비, 식비까지 모두 자기가 부담할 테니 같이 가주기만 하
면 된다는 게 장희의 제안.

꿀이네.

꿀이지.

그런데 얘기를 들어보니 장희는 마냥 놀자는 게 아니었다. 장희가 계획 중인 일정에는 병문안이 있었고 그래서 더더욱 혼자이고 싶지 않았던 것이다. 병문안은 잠깐이고 나머지는 식도락일 거라고 했지만 병문안이 아니라면 굳이 건강검진일까지 붙여가며 부산에 내려가지는 않았을 터였다.

근데 웬 병문안? 누가 아파?

장희는 그때부터 죽은 삼촌 얘기를 했다. 이건 꼭 얼굴을 보고 해야 하는 얘기여서 요 며칠 오늘만 기다렸다며 뜸을 들이는데 어쩐지 장희와 나눠 마시고 있는 공기의 밀도가 빽빽해지는 것 같았다.

혹시 그 삼촌 기억하려나?

삼촌?

응, 미국에서 돌아가셨다는 삼촌. 예전에 말했던 것 같은데.

이쪽이었다는?

오, 기억하는구나.

나는 몇 해 전 장희로부터 전해 들었던 사연을 떠올려보며 천천히 고개를 끄덕였다. 집안에 어렸을 때부터 여성스러운 행동거지로 천덕꾸러기 취급을 받던 삼촌이 하나 있었다는 것. 80년대 말에 미국으로 이민을 가서 잘 사는가 싶었던 그 삼촌이 어느 날 갑자기 세상을 떠났다는 것. 직계 가족이 쉬쉬해 몰랐으나 나중에 알려지기를 사인은 에이즈로 인한 합병증이었다는 것. 이런 것들이 내게 남아 있는 그분에 대한 몇 가지 정보였다.

내 기억이 맞다면 장희가 처음 삼촌 얘기를 꺼낸 건 아마도 앨리스 벡델의 『펀 홈』 때문이었을 것이다. 장희에게서 그 책을 빌려 읽고는 돌려주던 날이었는데, 나는 마지막 장을 덮은 지 수일이 지났음에도 딸은 레즈비언이고 아빠는 클로짓 게이라는 설정에 다소 경도되어서는 장희에게 연신 이게 말이 되느냐고 물었다. 이 별난 사연이 작가의 실제 가족사라는 것도 놀라웠지만, 무엇보다도 부녀가 모두 퀴어라는 희박한 확률이 퀴어 후진국에서 나고 자란 나로서는 좀처럼 믿기지가 않았던 것이다.

그때 장희는 퀴어가 한 가족에 둘이나 셋이면 안 된다는 법이라도 있느냐며 내게 통을 줬는데, 다들 말을 안 해서 그렇지 증조에 고조까지 거슬러 올라가든 사돈에 팔촌까지 옆으로 뻗어가든 가계도를 샅샅이 뒤져보면 퀴어가 여럿인 집은 생각보다 많을 거라고 자신했다. 그러고는 또 하나의 사례처럼 자기 아버지의 외종사촌 얘기를 했다. 그러니까 할머니의 큰오빠의 막내아들. 촌수를 엄밀히 따지자면 오촌 외종숙이지만 엄마가 삼촌으로 부르기에 자기도 그냥 삼촌으로 부르게 됐다는 친척 어른.

장희는 자신이 태어나 처음으로 만난 퀴어가 바로 그 삼촌이었다고 했고, 그래서인지 그분의 죽음은 지금까지도 인생을 통틀어 가장 충격적인 사건으로 남아 있다고 했다. 왜냐하면 자신과 무관할 수 없으리라 예감했던 그 질병이 바로 그때를 기점으로 아주 구체적인 얼굴을 하고서 일상 속으로 들어왔으니까. 죽어서까지도 그분에게 가해지던 비난과 멸시를 곱씹다 보면 그것이 예비 감염인인 자신에게 예정된 미래일 수도 있다고 생각하지 않을 수가 없었으니까.

나한테 삼촌이 죽었다는 소식을 전해준 사람이 엄마였거든.

장희가 맞은편 산책로를 건너다보며 말했다.

입대하기 전이었으니까 아마도 대학교 1학년 때였던 것 같은데, 엄마가 안방 문을 닫은 채로 누구랑 길게 통화하는가 싶더니 갑자기 내 방으로 와서는 그러더라고. 진무 삼촌, 그이가 죽었다고. 그렇게 하지 말라는 짓만 골라서 하더니 결국 더러운 병에 걸렸다고. 통화를 하다 울었는지 눈은 통통 부어 있고 목은 잠겨 있었는데도 입에서는 그런 말이 나오더라.

나는 장희가 지어 보이는 씁쓸한 미소를 그대로 돌려주었고 옆에 있는 산사나무를 한번 올려다보았다. 하얀 꽃잎이 촘촘히 달린 나뭇가지 틈새로 초여름의 청명한 하늘이 깔려 있었고, 햇살이 우리가 앉아 있는 자리 주변으로 난해한 모양을 만들었다. 물을 한 모금 마신 뒤에 그래서 누구 병문안을 가는 거냐고 되물으려는 찰나, 장희가 말을 이었다.

근데 말이야. 얼마 전에 누가 집으로 찾아온 거야.

응? 누가?

진무 삼촌에 대해 잘 아는 사람. 삼촌을 오랫동안 돌봐왔고 지금도 삼촌의 곁을 지키고 있는 사람.

나는 이게 무슨 소린가 싶어서 장희를 똑바로 바라봤다. 오랫동안 돌봐왔다는 말도 곁을 지키고 있다는 말도 모두 현실에서는 불가능한 일이므로 무슨 비유나 상징 같은 건가 싶었다. 그때 장희가 전혀 감을 잡지 못하는 나를 보며 피식 웃었고, 어떻게 말을 하면 좋을지 다시금 생각을 가다듬는 것처럼 조용히 눈을 감았다 떴다. 그러고는 이렇게 이야기를 시작했다.

삼촌이 살아 있다고. 그러니까 삼촌은 죽은 게 아니었고 그동안 나는 완전히 속았던 거라고.

2

지난주 일요일이었으니까 열흘쯤 됐나. 그날 내가 주말 야근에 감기몸살까지 겹쳐서 내리 열두 시간을 잤거든. 일어나 보니 점심이 훌쩍 지나 있었고 약 기운인지 잠기운인지 눈을 뜨고도 몸이 무겁고 몽롱해 이불 밖으로 나오질 못하고 있는데, 누가 현관을 똑똑 두드리더라고. 처음에는 잘못 들었나 했어. 소리가 작기도 했거니와 누구시냐고 물어도 답이 없었거든. 내가 잠이 덜 깼나 싶기도 하고 택배가 왔나 싶기도 해서 일단은 문을 조금 열어본 거지.

그랬더니 그분이 있었던 거야. 문틈 사이로 눈이 마주치자마자 꾸벅 인사를 하시는데 작고 마른 체구에 동그란 이마, 어디서 빌려 입은 것 같은 낡은 정장 차림까지…… 그래, 하필 일요일이기도 했으니까 아, 이건 전도구나, 요즘도 이런 걸 하는구나 싶더라고. 그래서 그냥 죄송합니다, 제가 지금 바빠요, 하고 다시 문을 닫으려고 하는데, 그때 생전 처음 보는 그 아저씨 입에서 엄마 이름이 나오는 거야. 여기가 이금이 씨 댁이 맞느냐고.

저희 어머니신데 어떻게 오셨느냐고 되물었더니 그제야 그분이 안도하면서 그럼 그쪽이 장희 군? 하고 알은척을 하더라. 그러고는 원진무 씨를 기억하느냐고 물었지. 자기는 원진무 씨 대신 온 사람이고, 원진무 씨가 이금이 씨의 부음을 얼마 전에 접하게 됐다고. 그래서 장희 군한테 어떻게든 연락하고 싶어 했는데 알고 있는 게 옛날 집 주소 하나뿐이어서 일단 무작정 찾아와본 거라고.

나는 삼가 고인의 명복을 빈다는 그 깍듯한 인사에 덩달아 허리를 굽혔고 얼결에 그분이 안겨주는 꽃다발까지 받아 들었어. 겹겹의 신문지에 싸인 새하얀 국화에서 향기가 진동하는데 어쩐지 그마저도 난데없는 게 내가 무슨 꿈이라도 꾸고 있는 건가 싶었다니까. 그분을 안으로 모시고 나서도 한동안 믿을 수가 없었어. 삼촌의 최근 모습이 담긴 사진을 여러 장 본 뒤에도, HIV 감염인으로 스무 해 가까이 살아냈고 또 살아가고 있다는 걸 알게 된 뒤에도 무슨 유령이라도 본 것처럼 아연했지.

그때부터 내 안에서 질문이 솟구쳤어. 어째서 엄마는 죽지도 않은 사람을 죽었다고 한 건지. 그 시절 엄마에게 삼촌의 소식을 전한 사람은 누구였고 도대체 무슨 말이 오갔기에 죽었다고 생각하게 된 건지. 아니, 나는 엄마가 과연 내게 사실을 전한 건지도 의심스러웠어. 어쩌면 엄마는 듣고 싶은 대로 듣거나 믿고 싶은 대로 믿은 건 아닌지. 이런 삶의 말로는 비참한 죽음뿐이라고 내게 일러주고 싶었던 건 아닌지……

삼촌은 한일월드컵 이듬해에 미국 생활을 완전히 접고 한국으로 돌아온 모양이더라고. 처음 몇 년간은 부천과 인천에 살았는데 결국 자리를 잡은 건 부산이었대. 작은 무역회사 일을 오래 했고 그때부터 지금까지 쭉 부산에 살았다고 하더라고. 작년부터는 영도에 있는 한 요양병원에서 생활하시는데, 최근 몇 년 사이에 지표도 안 좋아지고 경도 인지장애 진단까지 받아서 상황이 그렇게 좋지만은 않은가 봐. 치매 판정이 예견되어 있고 그래서 기운이 날 때마다 마지막이라는 생각으로 소중했던 사람들에게 연락하신다고 하네. 의절했던 큰형네 식구들에게 다시 전화를 하게 된 것도, 그러다 우리 집 소식을 전해 듣게 된 것도 모두 그래서였다고 하고.

그분이 말씀하시기를 삼촌이 예전부터 내 얘기를 자주 하셨대. 금호동 고모네 집에 정말 힘들게 태어난 애가 하나 있는데 어찌나 순한지 계속 안고 있어도 힘들지가 않았다고. 한번은 그 아이가 자기를 힘껏 안아주었던 순간에 뭔가 간신히 참고 있던 게 무너져 눈물을 쏟은 적이 있는데, 그 이후로 사는 게 너무 무섭거나 참담한 날에는 그 순간을 한번씩 떠올리게 됐다고. 삼촌은 며칠 전에도 그런 얘기를 했고 그 애가 어떻게 자랐는지, 건강히 잘 지내고 있는지, 그리고 혹시 자기를 기억하고 있는지 궁금해하셨다고 하네.

3

부산에 내려온 첫날부터 이영서 씨를 만나려 했던 건 아니었다. 저녁 무렵 도착하는 만큼 첫날은 호텔에서 조금 쉬다가 느지막이 저녁을 먹는 게 우리의 계획이라면 계획이었다. 장희가 부산에서 나고 자란 직장 동료로부터 추천받은 곱창집이 부평동에 있었고, 거기서 밥을 먹고 야시장을 구경하면 그럭저럭 괜찮을 것 같다는 얘기를 장희와 나누었다. 출발 전날에 이영서 씨가 우리를 자신이 일하는 조개구이집으로 초대하기 전까지는 그랬다.

장희에 따르면 이영서 씨는 삼촌의 병문안을 위해 장희가 다시 연락한 그날부터 가게에 한번 꼭 들러달라는 얘기를 거듭했는데, 밥 한 끼를 같이했으면 하는 바람이 느껴지기도 하거니와 어르신의 호의를 거절할 이유는 전혀 없었기에 우리는 짐을 풀자마자 태종산 인근의 자갈해변으로 갔다. 이삼백미터쯤 되어 보이는 자그마한 해변을 따라 영업장이 빽빽하게 늘어서 있었고, 테이크아웃 커피점 하나를 제외한 모든 가게가 조개구이집이었다.

이영서 씨는 그중 가장 안쪽에 있는 가게 앞에서 호객을 하다 말고 우리를 맞았다. 금요일의 여파인지 이른 저녁임에도 가게 안이 북적였고 우리를 위해 일부러 맡아두었다는 창가 석을 빼고는 여석이 없었다. 하지만 예상과 달리 이영서 씨는 우리와 함께 식사를 하지는 않았다. 알고 보니 가게에 한번 꼭 들러달라는 말은 우리에게 밥을 사겠다는 뜻이지 같이 먹 겠다는 뜻은 아니었던 것이다.

이영서 씨는 근무 시간에 뭘 먹는 건 불가능할뿐더러 사실 자기는 물에서 나는 건 이골이 났다며 손사래를 쳤고, 결국 우리에게 조개구이 대자를 주문해주고는 다시 하던 일로 돌 아갔다. 도중에 내가 불판 앞에서 유난스레 땀을 흘리는 게 안쓰러웠는지 아이고, 친구분, 하면서 본인의 목에 걸고 있던 휴대용 선풍기를 쥐여주기도 했는데 몇 번을 사양해도 이런 건 가게에 막 굴러다닌다며 돌려받지 않았다. 하나라도 더 챙 겨주려는 마음이 여실한 듯했고, 창밖에서도 우리와 눈이 마 주치면 손을 흔들며 알은체를 하기도 했다.

같이 밥을 먹을 것도 아니면서 우리를 굳이 왜 여기로 불렀 을까 하는 의문은 식사를 마치고 나서야 조금 해소되었다. 이 영서 씨가 이 해변에 얽힌 소중한 기억을, 정확히는 이 해변 에서 많은 시간을 보냈다는 원진무 씨에 대한 이야기를 들려 주었기 때문이었다. 장희가 근처 커피집에서 아이스아메리카 노 세 잔을 사 온 다음이었고, 우리는 가게 앞 공터에 나란히 서서 한동안 해변을 눈에 담았다. 하늘을 주홍빛으로 물들였 던 노을은 어느새 저녁 공기에 자리를 내어준 듯했고, 어둠이

흐릿하게 내려앉은 하늘 위로 사람들이 쏘아 올린 불꽃이 시시하게 흩어졌다.

여기는 밥을 먹으러 온 사람들이 덤으로 노는 곳이지 일부러 찾아올 만한 곳은 아닌 것 같다는 생각을 하는데, 이영서 씨가 해변으로 이어지는 돌계단을 보며 말했다. 시선을 따라가보니 검은색 야구 모자를 푹 눌러쓴 폭죽 장수가 작은 캐리어와 함께 서 있었다.

형님이 저 자리에서 장사를 오래 했어요. 몸이 안 좋아지기 전까지 했으니 꼬박 십 년은 했죠.

장사요?

장희가 되물었고,

저이처럼 폭죽을 팔았지요.

이영서 씨가 대답했다.

저이는 궂은 날씨에는 안 나오는데 형님은 추우나 더우나 한결같이 나왔어요. 어느 해 여름인가 아는 분 소개로 한 철만 해볼 생각이었는데 하다 보니 계속하게 됐지요.

장희는 조금 놀란 눈치였고 뭐라 설명할 수 없는 기분 속에 있는 사람들만이 지을 법한 당혹스러운 표정으로 한동안 폭죽 장수에게서 눈을 떼지 못했다. 아마도 폭죽을 팔던 삼촌의 모습을, 비가 오나 눈이 오나 그 자리에 있었다는 삼촌을 상상해보는 게 아닐까 싶었다.

일이 분쯤 뒤에 이영서 씨는 우리를 해변 쪽으로 이끌었다. 폭죽이라도 사주려는 건가 했는데 그건 아니었고, 몇 걸음 더 걷다가 충분하다고 생각하는 지점에서 해변을 등지고 서게 했다. 그러고는 조개구이집 너머의 완만한 언덕을 가리켰다. 중턱에 조립식 슬레이트 지붕을 얹은 집이 예닐곱 채 보였고, 언덕배기에 오래 방치된 폐건물이 자리하고 있었다.

이영서 씨는 콘크리트 외벽에 붉은색 철골이 드러나 있는 바로 저 건물이 원래는 요양병원이었다고 설명했다. 죽을 날을 받아놓은 노인들이나 다른 의료기관에서 입원도 치료도 거부당한 사람들이 오는 시설. 이영서 씨와 원진무 씨가 환자와 간병인으로 처음 만나게 되었다는 곳.

그때만 해도 지금보다 인식이 많이 안 좋아서 우리 같은 사람들은 간병인들도 꺼렸거든요. 그래서 형님처럼 몸 관리를 잘하고 일상생활이 가능한 다른 감염인들이 협회에서 교육을 받고 간병 일을 하기도 했지요. 그런데 그것만으로는 먹고살수 없으니까 형님은 퇴근하고 이 해변으로 오는 거예요. 저 언덕길을 따라 캐리어를 끌고서.

거기까지 들었을 때 다시금 바다 앞에서 불꽃놀이가 시작되었다. 값이 꽤 나가는 제품인지 앞선 것들보다 소리도 훨씬 더 크고 퍼져나가는 반경도 넓었다. 매캐한 화약 냄새가 끈적한 바닷바람을 타고 우리가 서 있는 자리까지 넘실댔다.

다들 아주 성가셔했어요.

이영서 씨가 코끝을 찡그리며 말을 이었다.

밤에 소등하고 누워 있으면 저 소리가 끊이질 않는 거예요. 창문을 닫으면 덜하긴 한데 그래도 신경이 예민한 사람들은 아주 미치는 거죠. 하지만 나는 안 그랬어요. 소리가 날 때마다 형님이 돈을 버는 거니까, 하나를 팔면 얼마가 남는지 내가 아니까 오늘은 몇 개나 팔리나 귀 기울이고 있는 거죠. 그러다 자정이 가까워지면 적막해지는데 그럼 생각하는 거예요. 이제 형님도 집으로 가겠구나. 고된 하루가 드디어 끝났으니 그럼 이제 나도 눈을 붙여도 되겠구나.

이영서 씨는 그 시절이 눈앞에 재생되는 것처럼 잠시 허공에 시선을 걸어두었고, 이내 우리를 향해 살포시 웃어 보였다. 주름으로 깊게 팬 눈가와 희끗희끗한 머리가 어스름한 저녁 빛으로 물들었고, 두껍고 커다란 안경 너머에 가려져 있던 눈동자가 물막에 싸인 듯이 반들거렸다.

나는 그 순간 장희의 어깨를 툭 하고 건드려보았다. 이영서 씨에게서 어떤 소중한 것을 건네받은 듯한 느낌이 들었는데, 장희 역시 그것을 놓치지 않기를 바라서였다.

그때 이영서 씨가 더 할 말이 있는지 목을 가다듬었다. 그리고 그다음 이어진 한마디 한마디는 그로부터 이십여 분 뒤 우리가 호텔로 돌아가는 택시 안에서 내내 무거운 침묵과 함께 창밖만 내다봤던 이유이기도 했다.

나는요, 형님을 만나고 나서 알게 됐어요.

이영서 씨는 말했다.

나를 죽게 한 건 병이 아니고 사람이었다는 걸. 그러니 나를 살게 할 수 있는 것도 약이 아니고 사람이라는 걸. 오늘 장희 군한테 이 말을 꼭 해주고 싶었어요. 삼촌은 절대로 부끄러운 삶을 살지 않았다고. 곁에 있는 사람을 하루라도 더 살고 싶게 만드는 사람이 삼촌이었고, 그래서 내가 이렇게 지금도 잘 지내고 있다고.

4

부산까지 내려가도 원진무 씨를 만날 수 없다는 건 이미 출발 전부터 알고 있었다. 사회적 거리두기가 해제되고 생활 전반에서 방역 수칙이 완화되었음에도 요양병원은 예외였고, 면회는 비대면 방식으로만 허용될 뿐이었다.

처음 장희가 부산에 가서 할 수 있는 건 전화나 영상통화가 전부라고 말했을 때, 어쩌면 삼촌의 컨디션에 따라서 그마저도 할 수 없을지도 모른다고 말했을 때 나는 그렇다면 조금 더 기다려보는 게 어떻겠느냐고 물었다. 지난봄에는 접촉 면회가 한시적으로 허용되기도 했거니와 일부 시설에서는 명절마다 유리 칸막이나 비닐을 사이에 두고 만나는 비접촉 면회를 진행하기도 하므로 추석쯤에는 방법이 생기지 않을까 싶었던 것이다. 하지만 장희는 이후에 다시 찾아뵙더라도 일단은 가봐야 할 것 같다고 했다. 계신 곳을 알게 된 이상 가보고 싶다고 했고, 그게 맞는 것 같다고도 했다.

장희가 병원에서 겨우 이백 미터쯤 떨어져 있는 호텔을 예약한 것도 그러한 이유에서였다. 장희의 요청으로 우리는 창문을 열면 왼편으로 병원 건물의 일부가 보이는 객실에 묵었는데, 장희는 자정이 넘어서까지도 창밖을 살피는가 싶더니 결국 그것만으로는 성에 차지 않는지 동네를 좀 걸어보자고 했다. 어떻게든 삼촌에게 더 가까이 가보고 싶은 듯했다.

우리는 그길로 나서서 산책 삼아 동네를 크게 한 바퀴 돌았다. 그리고 병원 앞을 오래 서성였다. 어둑한 초록빛이 새어 나오는 창도 몇 있었으나 안이 보이진 않았고, '면회 전면 금지 유지'라는 제목의 안내문이 출입문뿐만 아니라 사람 키만 한 입간판에도 부착되어 있었다. 장희는 한동안 끊었던 연초를 피우며 헛숨을 내쉬었는데, 원진무 씨가 있다는 708호의 위치를 가늠해보는 게 그 순간 우리가 할 수 있는 전부라는 사실이 생각할수록 기막힌 듯했다. 이게 말이 되느냐는 혼잣말이 연거푸 흘러나왔고, 요동치는 마음을 진정해보려는지 건널목의 전신주나 신호등에 눈을 두기도 했다.

그런 장희의 곁에 우두커니 서 있는데, 문득 P와 함께 살던 집 주변을 하염없이 배회하던 밤들이 떠올랐다. 도저히 안으로 들어갈 수도 없고 이대로 떠날 수도 없어서 누군가 내 목에 줄이라도 채워놓은 것처럼 숨 막혔던 밤들. 눈물이 나는데도 어떻게든 몸을 움직여보겠다며 걷는 사람들이 그러하듯이 한 걸음 한 걸음 내디딜 때마다 물에 젖었다 그대로 얼어버린 신발이라도 신은 것마냥 비참했던 밤들.

생각해보면 그 밤들을 내가 오롯이 혼자서 감당했던 건 아니었다. 이따금 장희가 앱에서 만난 남자들 얘기나 기한 만료가 임박한 스타벅스 BOGO 쿠폰을 구실로 나를 보러 와주기도 했으니까. 그때 장희는 우리 동네의 명소라는데도 어째서인지 나는 그 존재조차 몰랐던 백반집과 선술집으로 나를 데려가주었고, 발이 얼다 못해 떨어져 나갈 것 같은데도 종종거리며 남산 둘레길을 같이 걸어주었으며, 그래도 차도가 없는 날에는 언제까지고 있어도 된다며 자기 방을 내어주기도 했다.

내가 자꾸 죽고 싶다고 말하는 게 사실은 살고 싶어서라는 걸 알았던 장희. 내가 무슨 말을 할 때보다 하지 않을 때 오히려 더 유심히 귀 기울여주었던 장희.

무슨 생각을 그렇게 해?

장희가 두번째 담배를 비벼 끄며 물었고, 나는 장희가 이 와중에도 나를 보고 있었구나, 내가 보이는구나 생각하며 느릿하게 고개를 저었다. 그러고는 이제 슬슬 들어가자는 장희의 팔꿈치를 잡으며 말했다.

한 바퀴만 더 돕시다.

5

장희가 오래전 삼촌에게 받았다는 자동카메라를 보여준 건 다음 날 점심 무렵이었다. 원진무 씨와 영상통화를 하기로 한 시각은 오후 두시였고, 늦은 아침을 먹고 커피까지 마셨는데도 아직 세 시간이나 남아서 우리는 다시 영도 초입의 골목을 소요했다. 그리고 한낮의 햇살이 목덜미를 뭉근히 덮힐 때쯤 근처의 편의점 야외 테이블에 앉았다. 날은 흐렸으나 바다 마을의 습기가 만만치 않아서 어제 이영서 씨로부터 받은 휴대용 선풍기가 내내 요긴했다.

카메라는 원진무 씨가 장희를 기억하지 못할 가능성에 대비해 준비한 것이었다. 이영서 씨가 말하길 원진무 씨는 코로나 이후로 인지력과 기억력이 급격히 저하됐다고 하는데, 삼촌의 상태를 종잡을 수 없는 장희로서는 뭐라도 챙겨 오지 않을 수가 없었던 모양이었다. 바디 전체가 어두운 녹갈색으로 장희의 손에 딱 맞는 크기였고, 렌즈 커버에 'RICOH'라는 브랜드명이 속이 빈 테두리 선으로 인쇄되어 있었다. 농활 때 수로에 빠뜨려 망가진 다음부터는 쭉 서랍 속에 두었는데, 몇 년 전 충무로에 있는 수리점에 가져가봤더니 이건 틀렸다며 사망 선고를 받았다고 했다.

미국 삼촌이 준 건데 어째서 미제가 아니라 일제인 거냐며 내가 실없이 웃자, 장희가 그건 말이지 하면서 카메라에 얽힌 사연을 들려주었다. 삼촌이 준 것이긴 하지만 원래 주인은 따로 있었다는 것이었다. 초등학교 3학년 여름방학의 일이라고 했다.

하루는 삼촌이 친구랑 월미도로 드라이브를 가는데 나를 데려갔거든.

장희가 머뭇머뭇 웃음을 섞어 말했다.

근데 가는 길에 내가 뒷좌석 시트에다 대박 토를 한 거야.

원체 차멀미가 심했던데다 하필 출발 전에 코코스인가 하는 패밀리레스토랑에서 뭘 많이 먹었던 거지. 차주였던 그 친구분은 뚜껑이 열려서 노발대발이고, 삼촌은 애가 그럴 수도 있는 거지 왜 화를 내느냐며 황당해하고, 나는 창피하기도 하고 무섭기도 하니까 계속 울고…… 결국 월미도는 가보지도 못하고 중간에 쫓나버렸지. 근데 집에 돌아와보니까 가방에 이게 들어 있더라고.

나는 장희의 카메라를 자세히 살펴보았다. 안에 필름이 들어 있는지 카운터 바늘이 21에 걸려 있었고, 뷰파인더는 깨끗했으나 후면의 액정은 시커멓게 깨져 있었다.

그날 내가 찍사였거든.

찍사?

밥을 괜히 사준 게 아닌지 그 친구분이 나한테 카메라 조작법을 알려주더니 월미도에 도착하면 삼촌이랑 자기 사진을 많이 찍어달라고 하더라. 삼촌이 미국으로 돌아가면 한동안 못 볼 테니 사진이 중요하다면서.

근데 그 사달이 났고?

응, 그분도 나도 카메라 같은 건 안중에도 없게 됐고. 아, 처음에는 돌려주려고 했어. 근데 며칠 뒤에 삼촌이 떠나면서 이건 그냥 너 가지라고, 그 사람은 이런 건 몇 개나 더 있다고 하더라고.

장희가 말을 멈췄을 때 나는 두 사람이 혹시 연인이었던 거냐고 물었다. 그리고 추억 속의 두 사람을 재구성해보는지 눈을 가느다랗게 뜨는 장희의 다음 말을 기다리면서, 그때는 잘 몰랐지만 생각하면 할수록 그랬을 거라는 확신이 든다는 장희의 대답에 흡족해하면서 손에 쥐고 있던 카메라의 무게를 다시 실감해보았다.

하지만 잠깐의 망설임 뒤에 장희는 이미 그때도 알고 있었던 것 같다며 말을 고쳤다. 그날 밤 엄마에게 거짓말을 했는데 굳이 그런 말을 공범처럼 했던 걸 보면 아마도 많은 것들을 감지하고 있었던 게 아닐까 싶다고 했다.

거짓말? 무슨 거짓말?

장희는 엄마에게 그 친구분의 성별을 여성으로 바꿔 말했다고 했다. 삼촌이 무슨 부탁을 한 것도 아니요, 엄마가 먼저 캐물은 것도 아닌데 자기도 모르게 그런 말이 술술 나왔다고 했다. 삼촌을 도와주고 싶었던 거냐고 묻자, 장희는 그것보다는 조금 더 복잡한 마음이었다며 말을 골랐다. 그러고는 그건 엄밀히 따지면 삼촌을 위한 것이라기보다는 엄마를 위한 것이었다고 회상했다. 그 당시에 할머니가 장희를 볼 때마다 너는 계집애같이 매가리가 없는 게 꼭 진무 어렸을 때랑 똑같다며 한두 마디씩을 했는데, 그래서인지 엄마는 삼촌이 집에 오는 걸 별로 좋아하지 않았다는, 삼촌이 오면 장희가 무슨 영향이라도 받을까 봐 신경을 곤두세우는 게 느껴졌다는 그런 이야기였다.

그때 나는 엄마를 안심시키고 싶었던 것 같아.

장희가 한 박자 쉬었다 말했다.

삼촌과 함께 있었지만 나는 비정상적인 것에 노출된 적이 없다고. 내가 삼촌과 비슷한 사람이 될 수도 있다는 예감은 틀린 거라고. 웃기지? 엄마가 모를 리가 없는데. 어쩌면 내가 그런 말을 해서 더 심란했을 텐데……

나는 장희가 그러하듯이 입은 웃고 있지만 눈은 그렇지 않은 얼굴이 되었고, 이내 뭔가를 곰곰이 생각하는지 발끝을 쳐다보는 장희와 그런 장희의 어깨 위로 일렁이던 햇빛 조각을 눈에 담았다. 그리고 그 대목에서 장희의 어머니가 했다는 거짓말을 떠올렸다.

진무 삼촌, 그이가 더러운 병에 걸렸다는 말. 하지 말라는 짓만 골라서 하더니 결국 죽었다는 말. 잘못 알고 말한 것인지, 아니면 어떤 의도를 갖고 말한 것인지 영영 알 수 없게 되었지만 어쨌든 사실이 아니었던 말.

나는 그 말을 내뱉던 순간에 그녀가 마주했을 불안의 크기에 대해 생각했다. 감염과 죽음이 동의어인 줄 알았던 그 무지한 시절에, 장희의 미래를 오염과 타락, 징벌로밖에 상상할 수 없었던 그 막막한 날들에 그녀가 감당했을 공포의 무게에 대해 생각했다. 그러니까 어쩌면 그건 장희의 성장과 함께 증식한 불안이 아니었을까. 장희가 누군가를 원하고 만지고 사랑하는 게 이상할 게 없는 나이가 됨으로써 완성된 공포가 아니었을까.

그렇다면 그건 왜 응당 불안이고 공포였을까.

내가 이런 생각을 공글리다 입 밖으로 꺼냈을 때 장희는 그럴지도 모르겠다며 고개를 주억거렸다. 너희 어머니는 너를 보호해야 한다는 절박한 심정이었을 거라고 말했을 때도, 너를 지키려면 이 방법뿐이리라 생각했을 거라고 말했을 때도 그 말을 곱씹는 것처럼 골똘히 생각에 잠겼다.

하지만 어느 순간부터 나는 장희가 내 말에 동의하지 않는다는 것을 알았다. 비스듬하게 당겨진 턱과 굳었다 풀어지기를 반복하는 입매가 그걸 똑똑히 보여주고 있었다.

뭔데, 말해.

아니야, 그냥.

그냥 뭐.

사람 참 안 변한다 싶어서.

……응?

너 말이야. 그렇게 당했으면서……

나는 그게 무슨 소리냐고 되묻듯이 미간을 좁혔다. 그게 무슨 소리인지 단박에 알아차렸으면서도, 장희가 P에 대해 말하고 있다는 걸 모르지 않았으면서도 설명이 더 필요한 것처럼 장희를 건너다봤다. 생각을 젓듯이 남은 음료를 빨대로 휘휘 젓는 걸 보니 무슨 말이 이어지기는 할 것 같았다.

하지만 장희는 시선을 떨어뜨린 채로 시간을 끌었다. 정적이 길어질수록 주제넘은 소리였다 후회하는 게 보였고, 여기서 P 얘기를 꺼내는 건 적절치 않다고 판단하는 것 또한 보였다. 내가 그 시절의 얘기는 나 자신에게도 하고 싶어 하지 않는다는 것을 장희는 아니까. 어떤 날들은 말해지지 않아야만

64

간신히 멀어질 수 있으니까.

아니, 나도 나지만 너도 정말 어떻게든 이해해보려고 하잖아.

장희가 한참 만에 입을 뗐다.

그럴 수밖에 없는 이유가 있을 거라고, 그럴 만한 사정이 있을 거라고. 설령 그게 우리가 죽는 건 자업자득이고 인과응보라고 생각하는 사람들일지라도.

내가? 그런가?

지금도 우리 엄마를 이해해보려고 했잖아. 입장 바꿔서 생각해보려고 했잖아. 아니야?

……

나는 그 말을 듣고서야 장희가 왜 P를 떠올렸는지 알 것 같았다. 왜냐하면 나는 우리가 잘못됐다고 생각하는 사람들을 어떻게든 이해해보려다 P를 잃었으니까. 중죄를 지은 듯이 자책하고 선처를 바라듯이 관용을 구걸하다 P를 빼앗겼으니까. 그럴 수밖에 없는 이유가 있을 거라고 생각하다 나는 어떻게 되었나? 배제되었다. 그럴 만한 사정이 있을 거라고 생각하다 나는 어떻게 되었나? 박탈당했다.

그 시절 장희는 도대체 왜 이런 취급을 받으면서도 가만히 있느냐며 나를 한심해했지만, 사실 나는 가만히 있었던 게 아니다. 나는 최선을 다해 나를 증명해 보였던 것이다. 내가 기다리라면 기다리고 믿으라면 믿는 그런 충직한 사람이라는 걸 보여주기 위해서, 나는 당신들 못지않게, 아니 당신들보다 훨씬 더 도덕적이고 모범적이며 무해하므로 내게도 자격이 있다는 걸 입증하기 위해서 기꺼이 참고 견뎠던 것이다. 오직 내가 원했던 단 한 자리, P의 곁에 있기 위해서. P의 마지막을 지키기 위해서.

하지만 그렇게 해서 나는 어떻게 되었나? 내가 틀린 게 아니었다면, 그 방법이 유효했다면 어째서 나는 지금 아무것도 아닌 나무 쪼가리에다 P의 안위를 빌고 용서를 구하며 살고 있나. 어째서 그토록 끊어내고자 했던 원가족의 품으로 P를 돌려보내야 했으며, 어째서 죽어도 거기는 싫다고 사정했던 그 선산에 P를 가두어야 했나.

그때 장희가 말했다.

나는 아니야. 나는 안 할래.

뭐를······

이해할 생각이 없다고. 이해를 거부할 거라고.

나는 장희를 똑바로 바라봤다. 계속 바라보고 있었지만 더욱 바라봤고, 장희의 눈에 비치는 것은 나인데 어째서 분노가 느껴지는 것인지 확인하려는 것처럼, 이게 분노라면 어째서 이토록 단숨에 서글퍼지는 것인지를 납득해보려는 것처럼 조용히 시선을 맞받았다.

안전을 바라는 마음? 보호해야 한다는 믿음? 그거 혐오였어. 헷갈릴 것도 없고 선해할 것도 없어.

장희가 나를 향하던 눈빛만큼이나 선연한 목소리로 덧붙였다.

그래서 동성애하라는 거야? 아니잖아. 남자랑 섹스하라는 거야? 아니잖아. 거기에 무슨 자유가 있고 해방이 있는데? 그런데도 나는 그 마음을 사랑이랍시고 놓지를 못했던 거야. 그게 나를 어떻게 좀먹는지도 모르고, 나를 반쯤 죽여서 딱 반만 살게 하는 줄도 모르고…… 어떻게든 이해해보려고 했던 거야. 나는 그랬던 거야.

6

하루 만에 다시 만난 이영서 씨는 화면이 못해도 15인치는 되어 보이는 커다란 노트북과 함께였다. 한 손에 노란색 이마트 가방이 들려 있기에 뭔가 했더니 노인복지회관에서 대여해 왔다는 노트북이었고, 우리가 앉아 있던 카페의 테이블 위로 어댑터와 마우스까지 차례로 꺼내며 능숙하게 영상통화를 준비했다. 얘기를 들어보니 병원에서 눈이 어두운 분들 가운데 신청자에 한해 노트북 영상통화 서비스를 제공하는 모양이었다.

이영서 씨는 약속한 시간이 다가올수록 너무 큰 기대는 하지 말라는 말을 거듭했다. 오는 길에 간병인로부터 오늘 원진무 씨의 컨디션이 아주 좋다는 얘기를 전해 들었다며 안도하면서도 통화가 불발되거나 갑자기 종료될 가능성을 언급했다. 이영서 씨에 따르면 원진무 씨는 약 기운 때문에 깜빡 잠이 든 적도 있었고, 정신이 산란한 날에는 통화 중에도 화면을 보지 않거나 입을 열지 않은 적도 있었다.

하지만 약속 시간이 되어 화면에 나타난 원진무 씨는 모든 우려가 무색할 만큼 좋아 보였다. 두 눈 밑에는 푸른빛이 감도는 음영이 곡선을 그리고 있었고 납작한 이마와 움푹 꺼진 뺨은 주름과 검버섯으로 뒤덮여 있었지만 어쩐지 화면 너머로 생기가 느껴졌다.

그게 나만의 인상은 아니었는지 이영서 씨는 좋아 보인다는 말로 대화를 시작했다. 두 사람 역시 얼굴을 보는 건 근한 달 만이어서 확인해야 할 근황이 적지 않았고, 사회복지사라는 중년의 여성이 원진무 씨의 휠체어 위치를 조정해주는 동안에도 문답은 끊기지 않았다.

그래서 장희는? 장희는 어디 있는데?

다정한 타박과 성마른 염려가 이어지려는 찰나, 원진무 씨가 손을 내저으며 물었다.

거기 있는 거 맞아?

이영서 씨는 그제야 아이고, 내 정신 하면서 장희에게 자리를 내어주었다. 장희는 심장이 너무 뛰어 갈비뼈가 아플 지경이라며 내 쪽으로 몸을 반쯤 숙이고 있었는데, 삼촌의 목소리가 들려오는데도 화면을 쳐다보지 못하더니 결국 카메라 앞으로 자리를 옮긴 뒤에야 겨우 눈을 들었다.

너가 장희야? 장희가 이렇게 큰 거야?

예, 삼촌. 장희예요.

원진무 씨가 순간 휠체어에서 몸을 반쯤 일으켜 세우며 화면으로 얼굴을 들이밀었다. 그러고는 장희에게도 조금 더 가까이 와보라며 손짓했다.

그래, 맞네. 장희다, 장희야. 애기 때 얼굴이 다 있어.

삼촌도요. 그대로예요.

장희는 그렇게 말하고는 고개를 떨구었다. 복받치는 감정을 어떻게든 제압해보려고 애쓰는 것 같았는데, 바로 그게 부질없다는 걸 깨닫고는 그냥 모든 걸 놓아버린 듯이 울었다.

장희야, 잘 컸다. 고맙다.

원진무 씨가 소매로 눈가를 훔치며 말했다.

죄송해요. 정말 죄송해요.

뭐가 죄송해. 너가 왜 죄송해.

모르겠어요. 그냥 다 죄송해요.

장희가 들썩이는 어깨를 간신히 누르며 말을 이었다.

돌아가신 줄 알았어요. 그 말을 다 믿었어요.

괜찮아, 잘했어.

정말 몰랐어요.

아니야, 나부터 내가 죽었다고 생각하면서 살았어. 그러지 말자, 그럴 필요 없다 수백수천 번 맘을 다잡았는데도 그게 잘 안됐어. 이렇게 반가울 줄 알았으면 더 일찍 만나는 건데, 그렇지?

장희는 한참을 더 울고 나서야 원진무 씨의 안부를 챙겼다. 몸은 좀 어떠시냐고도 물었고 병원 생활은 하실만 한 거냐고도 물었는데, 그 짧은 몇 마디를 잇는데도 목젖이 뜨거운지 자꾸 침을 삼켰다.

원진무 씨는 이토록 서서히 나빠진 것에 감사하는 마음으로 지낸다고 했다. 언제나 소원은 노환이었는데 그게 이루어졌다며 멋쩍게 웃었고, 사람 일은 한 치 앞도 알 수 없다지만 그래도 한 가지 확실한 건 지금 있는 6인실에서만큼은 자신이 제일 오래 살 거라는 말로 장희를 웃게 했다. 그리고 그 실낱같은 웃음이 잦아들었을 때, 이내 어떤 생각이 스친 것처럼 표정이 어두워졌을 때 원진무 씨는 장희에게 엄마의 마지막에 대해 물었다. 어떻게 된 거냐며 사정을 궁금해했고 너무 일찍 갔다며 속상해했다.

아팠어요.

어디가.

머리요. 수술을 여러 번 했는데 잘 안됐어요.

잠시간의 침묵이 흘렀고, 원진무 씨가 세월 속에 잠겨 있던 생각들로 어떻게든 자신을 이해시켜보려는 것처럼 인상을 썼다.

그래, 두통이 심했지. 항상 게보린을 달고 살았고.

맞아요, 그놈의 게보린.

말도 안 되는 집에 시집와서 기가 막혔을 거야. 너 태어나기 전에는 훨씬 더 심했어. 장희 너가 엄마를 살렸지.

장희가 그 말을 되새기듯 작은 미소를 지어 보이는 사이, 원진무 씨가 장희를 나지막이 불렀다.

장희야.

예.

장희야.

예, 삼촌. 말씀하세요.

너 엄마한테 잘했지? 잘했을 거야, 그렇지?

……

장희는 한동안 입을 떼지 못했다. 한꺼번에 너무 많은 감정이 치밀어 오른 것 같았고, 호흡이 뜻대로 안 되는지 들숨도 날숨도 모두 거칠었다. 물기 어린 눈을 손바닥에 파묻었을 때는 끙하고 앓는 듯한 소리가 나기도 했다.

내가 타코마에 있을 때 말이야.

얼마쯤 뒤에 원진무 씨가 말했다.

형수가 꼬박꼬박 연하장을 보내줬어. 거기 십오 년을 살았는데 한 해도 거른 적이 없었지. 그렇게 해주는 사람은 형수뿐이었어.

엄마가요?

응, 그리고 어느 해부터인가 장희 니가 한글을 배우기 시작했는지 카드 안에 추신처럼 한두 문장을 더 적었지. 그때 너는 또 오라고 썼어. 처음에는 삐뚤빼뚤한 글씨로 나중에는 단정해진 글씨로 기다리고 있을 테니 언제든 우리 집에 또 오라는 말을 잊지 않았어. 그 말이 나는 참 좋았고.

장희가 기억의 미로를 헤매는 듯한 고통스러운 표정으로 되물었다.

제가요? 생각이 안 나요.

괜찮아, 그 카드들 아직도 다 갖고 있어. 이사를 하도 많이 다녀서 다른 건 다 버렸는데 그래도 그건 지켰어. 나중에 보여줄게.

꼭이요.

그래.

진짜로요.

그래.

거기까지 말했을 때 화면 밖에 있던 사회복지사가 다시 모습을 드러내며 통화 종료 시간을 알렸다. 원래 통화는 십오 분으로 제한되어 있는데 벌써 이십 분이 됐다고, 다음 분이 밖에서 대기 중이니 이쯤에서 그만 마무리해달라고 했다.

두 사람은 다음 만남을 기약하는 것으로 마지막 인사를 나눴다. 돌아오는 추석 연휴에 또 내려오겠다는 장희에게 원진무 씨는 그때까지 건강하자며 고개를 끄덕였고, 하고 싶은 말이 너무나도 많다는 원진무 씨에게 장희는 앞으로는 오늘처럼 울다가 시간을 허비하는 일은 없을 거라며 입꼬리를 끌어올렸다.

삼촌, 저 잊으면 안 돼요.

장희가 마지막으로 말했고,

그래, 곧 보자고.

원진무 씨가 손을 흔들며 대답했다.

그리고 몇 초 뒤에, 서로를 향하는 눈짓과 손짓, 표정에서 스며 나오던 아쉬움이 두 사람을 어떠한 양감으로 살짝 움켜

쥐었다 편 것처럼 주춤하게 했을 때 통화는 예기되었음에도 예기치 않은 것처럼 갑자기 종료되었다.

7

돌아가는 날에는 장희의 카메라를 고쳤다. 고쳐야겠다 마음을 먹고 고친 것은 아니었고 어쩌다 얼결에 고친 것이었는데, 과연 이걸 고쳤다고 말해도 될까 싶을 정도의 간단한 조작으로 작동이 됐으므로 사실 카메라는 망가진 것도 아니었다고 보는 게 맞을 것 같다.

그때 우리는 부산역 대합실에서 서울행 열차를 기다리고 있었다. 딱히 서두른 건 아니었음에도 예상보다 일찍 도착해 시간이 삼십 분 정도 남았고, 출도착 현황 전광판이 보이는 벤치에 나란히 앉아 시간을 흘려보내고 있었다.

얼마쯤 지났을까. 아무래도 호텔에 핸드폰 충전기를 두고 온 것 같다며 백팩을 뒤적이던 장희가 제대로 확인을 해봐야겠다 싶었는지 앉아 있던 자리에 자기 물건을 하나둘 꺼내놓았다. 안경 케이스와 접이식 우산, 화장품 파우치 같은 생활 도구가 먼저 나왔고 아이패드와 에어팟, 전동 면도기 같은 전자 기기가 뒤이어 딸려 나왔는데, 그중에는 자동카메라도 있었다.

나는 카메라를 이리저리 살피다 하단 오른쪽에 달린 작은 뚜껑을 열어보았다. 입구 전체가 황갈색이 도는 녹으로 뒤덮여 있었고, 작은 걸쇠를 밀어 올리자 지난 세기에 제조되었을 것만 같은 AA형 건전지 한 쌍이 하얀색 전해액 가루와 함께 별다른 저항 없이 밀려 나왔다. 거의 썩은 듯한 상태여서 손바닥에 올려둔 것만으로도 꺼림칙했다.

이영서 씨에게 받은 휴대용 선풍기가 머릿속을 스친 건 아마도 그때였을 것이다. 장희가 여기 있다, 하면서 백팩 밑바닥에서 충전기를 꺼내 들었던 그때. 전광판에 14시에 출발하는 서울행 KTX 36 열차의 탑승구 안내가 업데이트된 것을 확인한 그때. 나는 혹시나 하는 마음으로 선풍기 손잡이에 달린 뚜껑을 열었고, 그 안에 들어 있는 게 AA형 건전지 한 쌍이라는 것을 확인하자마자 카메라에 바꿔 끼웠다. 그러고는 셔터 버튼을 천천히 눌러보았다.

뭐야? 어?

찰칵 소리와 함께 팡 터지는 플래시에 장희의 눈이 내 것만큼이나 휘둥그레졌고, 나는 그런 장희를 뷰파인더에 담으며 다시 한번 버튼을 눌렀다. 그사이 카운터의 바늘이 21에서 23으로 바뀐 걸 보니 뭐가 찍히긴 찍힌 것 같았다.

어떻게 한 거야? 천잰데?

장희가 내 손에 들린 카메라를 거의 낚아채다시피 가져가며 물었고,

내가 좀.

나는 어깨를 으쓱해 보이며 대답했다.

분명히 고장 났다 그랬는데?

속았지 뭐.

또 속은 건가.

막 믿고 그러지 말라니까.

장희는 믿을 수 없다는 듯이 얼빠진 얼굴로 카메라를 만지작거렸다. 렌즈 커버를 여닫으며 뷰파인더를 확인했고, 이내 렌즈의 방향을 내 쪽으로 맞추더니 셔터 버튼을 꾹 눌렀다. 그리고 한 번 더 눌렀을 때 카메라에서 우웅 하는 작은 진동음이 들리기 시작했다. 이대로 고장인가 싶어서 멈칫했는데 다행히 그건 아니었고 안에 들어 있던 필름이 자동으로 감기는 소리였다. 24장짜리 필름이었는지 카운터가 24부터 거꾸로 돌았다. 24, 23, 22, 21……

우리는 하나씩 줄어드는 숫자를 숨죽이며 지켜봤다. 그리고 카운터가 0을 가리키는 바로 그 순간에, 한 시절의 끝이자 시작을 알리는 것 같은 바로 그 순간에 눈을 들어 서로를 바라봤다.

장희가 먼저 웃으며 말했고 내가 따라 웃으며 들었다.

김이정

만유당

1994년 문화일보로 등단하며 작품 활동 시작. 소설집 『도둑게』『그 남자의 방』『네 눈물을 믿지 마』. 장편소설 『길 위에서 중얼거리다』 『물속의 사막』『유령의 시간』 등이 있음. 제24회 대산문학상 수상.

텅 빈 골목을 빠져나오자 제일 먼저 눈에 들어오는 건 시멘트블록 담이다. 흙벽돌을 쌓아 얌전히 기와까지 올린 고가의 담을 지나 느닷없이 맞닥뜨린 시멘트블록 담은 기괴한 느낌마저 들게 한다. 자경은 순간 외면이라도 하듯 지나온 골목 사이로 마주한 두 채의 고가를 돌아본다. 영감댁과 참봉댁이다.

영감댁이라 불리던 시절, 둘째가 분가하면서 형제끼리 집 안에서 서로를 건너다볼 수 있도록 지었다는 참봉댁은 안채가 남향인데 사랑채는 영감댁을 마주 보는 서향이다. 나지막한 담 너머로 사랑채 누마루가 난간까지 훤히 보인다. 형제는 각자의 사랑채에서 마주 보며 자신들의 선택에 흡족했겠지만, 어차피 아침이면 모두 두루마기까지 차려입고 집집마다 문안을 다니던 시절인데 굳이 건축양식까지 바꿔가며 집 안에서 서로를 바라보고 싶은 유난한 우애가 이해되지 않는다.

몇 년 전, 무너진 흙담을 새로 쌓고 얹은 참봉댁의 기와가 흠 하나 없이 검게 빛난다. 지은 지 이백 년이 넘었지만 오랫동안 폐가처럼 버려져 있던 참봉댁은 국가문화재로 지정된 뒤에야 동네 어느 집보다 번듯하고 위풍당당한 기세를 과시하고 있다. 솟을대문을 지나면 푸른 잔디가 깔린 마당이 고가의 오래된 나무색과 대비돼 잔디는 더 정결한 연두로 보였고 흙 갈색 기둥은 퇴적된 시간의 훈장처럼 빛났다.

그러나 참봉댁의 위엄을 드높이는 것은 무엇보다 집 앞에 세워진 어록비이다. '조선독립을 목적하고……' 그 집에서 태어나 독립운동을 한 참봉댁 장손이 1922년 모스크바에서 열린 극동민족대회에 참석하여 남긴 말이었다. 방명록에 썼던 문장의 뒷부분인 '공산주의를 희망함'은 비석 뒷면에 작은 글씨로 새겨져 있다. 서훈으로도 당당히 드러낼 수 없는 그늘이다. 그나마도 오랫동안 인정받지 못했던 사회주의계열 독립운동가들에게 훈장이 수여된 것도 얼마 되지 않았다. 참봉댁은 이제 누구도 함부로 할 수 없는 독립운동가의 생가로 자리매김했다.

주차를 한 마을회관 앞에서 아무리 느리게 걸어도 골목을 벗어나기까진 채 오 분도 걸리지 않는다. 자경은 결국 눈앞의 시멘트블록 담을 맞닥뜨리고 만다. 일곱 층으로 쌓은 시멘트블록이 기역 자로 꺾여 쓰러져가는 한옥을 건설 현장 가림막처럼 두르고 있다. 동네의 제일 뒤에 숨어 있긴 하지만 오래된 한옥마을에 시멘트블록으로 둘러친 담벼락은 누가 봐도

흉물스럽기 짝이 없다.

"아니, 누가 도대체 이런 미친 짓을 했나."

답사를 온 사람들 몇이 지나가다 비명을 지르듯 내뱉는 말을 들은 적이 있었다. 한동네서 독립운동가가 스물네 명이나 나온 걸 기념해 세운 광복공원 덕에 답사를 오는 사람들이 조금씩 늘고 있었다. 사람들은 한가롭게 고가의 골목길을 걷다가 불쑥 튀어나오는 시멘트블록 담을 마주할 때마다 거의 비슷한 반응을 보였는데, 자경 역시 다르지 않았다. 아니, 시멘트의 물기조차 다 마르지 않은 담장을 처음 본 순간 분노가 먼저 치밀었다. 차라리 담이 없는 게 낫지 도대체 이게 무슨 짓이란 말인가.

오랫동안 버려진 한옥 마당은 해마다 개망초와 질경이밭이 돼버렸다. 봄이면 삐죽 올라오는 연둣빛 개망초는 여름이 되기도 전에 한 자나 자라서 마당을 빼곡히 메웠다. 흰 꽃들이 가득 핀 마당으로 붉은 노을이 쏟아지는 저녁, 한적한 들판에라도 온 듯 탄성을 터트린 적도 있지만 무너져 내리는 서까래와 한 프레임에 잡히는 무성한 개망초밭은 폐가의 서글픔만 강조할 뿐이었다.

사람이 살지 않는 빈집은 급속도로 무너져갔다. 행랑채 왼쪽 서까래가 조금씩 무너지기 시작한 것은 십 년 전 폭우 이후였다. 자경과 엄마가 서울로 가고 난 뒤 이십 년 넘게 살던 순옥이네마저 떠난 후론 수세식 화장실도 안 돼 있는 빈집에 들어와 살 사람을 구하기 어려웠다. 생활의 불편을 감수해야 하는 곳에 올 사람도 없었지만 그렇다고 아무나 들일 수도 없는 노릇이었다. 집을 비워둔 채 엄마가 일 년에 서너번 들르는 게 관리의 전부였다. 전자제품 조립공장 공원으로, 수제한과와 이바지떡을 만들며 단칸 셋방을 전전하면서도 엄마는 이 집을 팔지 않았다. 시골집이 큰돈은 안 되지만 그래도 단칸방 신세는 면할 수 있었을 텐데 엄마는 절대 이 집은 팔 수 없다며 기를 쓰고 지켜냈다. 공장의 2교대 근무를 위해 새벽 골목에 발소리를 죽이며 나가는 엄마를 보며 자경은 왜 이 집을 놓지 못하는지 이해가 되지 않았다. 빈집은 노인의 척추처럼 매일 조금씩 내려앉았다.

"아이고, 어쩌다 이 집 하나 덜렁 남았는지 모르겠다."

언젠가 자경과 함께 온 엄마는 검은 때만 더께를 더하는 집의 마룻장을 손바닥으로 쓸어내며 혼잣말을 중얼거렸다.

"적막강산이구나."

한때 북적이던 사람들은 모두 어디로 가고 허리가 굽어가는 노파와 나이 든 딸만 남은 것일까. 엄마는 기왓장이 깨지고 서까래가 썩어 반쯤 허물어진 행랑채 처마를 바라보며 눈시울까지 붉어졌다. 임시방편으로 덮어놓은 비료포대가 폐가의 분위기를 한층 험하게 만들었다.

"이 집을 지을 때만 해도 참 북적북적했느니라."

대한제국 시절, 법관양성소를 나와 검사가 되었다는 자경의 외증조할아버지가 지은 집이었다. 틀니가 맞지 않아 말이 어눌하던 외증조할머니는 가끔 그날을 회상하곤 했다.

"이 집 짓고 집들이날 집안의 남녀노소 모두 둘러앉아 논 적이 있었느니라. 어른들이 전부 다 모이라 해 이 대청에 어른, 아이 할 거 없이 둘러앉았는데 큰집 아지뱀이 난데없이 노래를 한자락씩 하자고 하시잖나. 다들 어리둥절했지. 우리가 언제 노래를 해본 적이 있나, 아는 노래가 있나. 너 할배사 형제분들이 다 계실 땐데 이분들이 먼저 시조창을 한 대목씩 하시더라. 너 할배는 어디서 배웠는지 신식창가를 하더구나. 며느리들은 부끄러워 안 할라캤는데 그날따라 한 명도 빠지면 안 된다고 아지뱀이 그러시잖나. 어렵디어려운 시삼촌과 시숙들 앞에서 노래가 안 되면 화전가라도 한마디씩 다 안 했나. 나도 그때 노들강변을 불렀느니라. 시집오기 전 침모한테서 배운 긴데 소리가 나쁘지 않았는지 너 할배가 당신 몰래 어딜 그리 놀러 다녔냐고 놀렸잖나. 그런 자리는 처음이자 마지막이었다. 그때 내 나이 겨우 서른이었는데 지금 생각하니 이 집도 나도 제일 좋던 시절이랬다."

영감댁의 네 형제 중 셋째였던 외증조할아버지는 결혼하면서 본가의 바로 뒷집으로 분가했는데, 십 년 후 이 집을 새로 지어 만유당이라 불렀다. 유유자적한 삶을 꿈꾸었던 그는 그러나 나라가 망하자 격랑의 시간 속으로 뛰어들었다. 독립운동을 위해 그가 상해와 만주, 연해주를 거쳐 이르쿠츠크까지 오가는 동안 그와 함께 집안까지 격랑에 휩쓸렸다. 미처 담을 쌓을 새도 없이 주인이 떠난 집은 적막강산이 돼버렸다.

삼 년 만에 온 집은 많이 달라져 있다. 대문도 없이 덩그러니 둘러친 시멘트 담을 지나 사랑채로 들어선다. 흙이 허물어져 한쪽으로 기우뚱했던 죽담에 시멘트를 바르고 계단까지 반듯하게 만들어놓았다. 시멘트 죽담의 모서리가 날렵하게 꺾여 있다. 한복에 하이힐을 신은 꼴인 사랑채를 자경은 외눈박이처럼 쏘아본다. 어울리지 않는 부조화가 묘한 수치심을 몰고 온다.

그가 왔다는 소식은 지구 자전이 잠시 멈추는 일이었다. 믿을 수가 없었다. 어떻게 사십오 년이나 넘게 부재했던 사람이 하루아침에 나타날 수 있단 말인가. 더 놀라운 것은 그가 떠나온 곳이었다.

"기가 꽉 막히더라. 어떻게 거기서 왔다는 건지, 아니 거기를 갔다는 게 더 믿을 수가 없더라. 무슨 운명이 이렇게 끝이 안 나는지 모르겠다."

그가 왔다는 소식을 전해준 건 정보기관이었다. 엄마는 자경에게도 알리지 않고 혼자 정보기관에 가서 그를 만나고 와서야 자경을 불렀다. 평소 겁많은 엄마는 이상한 데선 담대하기 짝이 없었다.

"야야, 너 아부지가 왔단다."

자경은 엄마가 전한 소식보다 엄마의 입에서 나온 '아버지' 란 단어가 낯설어 멍하니 엄마를 바라보았다.

"누구?"

아버지란 단어가 주는 생경함과 상상이 되지 않는 그 실체의 모호함에 자경은 되물었다. 머릿속에 안개가 가득 들어차는 기분이었다. 정수리가 느닷없이 조여왔다.

"그 사람이 탈북을 했단다."

순간 지독한 파열음이 들렸다. 아니, 오랫동안 은폐돼 있다가 어느 날 불쑥 눈앞에 떨어진 견고한 사슬들의 마찰음 같기도 했다. 탈북이라니, 그가 왜 북에서 왔다는 것인가. 자경은 온몸에 한기가 몰려왔다.

"기가 막히더라. 깎은 옥 같던 사람이 어떻게 그렇게 쪼그라들고 망가졌는지."

엄마는 실성한 사람처럼 중얼거렸다. 깎은 옥처럼 반듯하고 훤칠했던 사람이 늙고 참혹하게 망가진 것만이 진짜 놀라운 일이라는 투였다.

엄마가 갖고 있는 사진 속 젊은 시절의 그는 누가 보아도 미남이었다. 훤칠한 키에 늘씬한 몸매, 짙은 눈썹과 악의라곤 찾기 힘든 순한 눈웃음까지 드물게 좋은 인물이긴 했다. 친구이며 동지였던 양가의 할아버지들이 일찍이 자신의 손녀와 손자를 보증서 교환하듯 한 정혼이었지만 엄마는 초례청에서 그를 처음 본 순간부터 반했다고 했다.

"옥골선풍이었다."

그가 왜 북에서 왔다는 것인가. 자경은 엄마의 중얼거림에 아연해졌다.

사랑채 마루를 손으로 쓸어낸다. 제법 매끈한 마룻장에선 윤기가 흐른다. 퇴락해가던 마룻장에 번지는 반짝임과 생기가 당혹스럽다. 찌든 때가 켜켜이 쌓여 엉덩이를 붙이기도 꺼려졌던 마룻장이 고재의 우아한 회갈색 윤기를 슬며시 드러낸다. 사람의 손길이 닿은 흔적이 역력하다. 나뭇결은 탄탄한 근육질 몸처럼 긴장을 유지하고 있다. 한때 시골로 돌아다니는 고물상들이 빈 한옥의 문짝을 모두 떼어가 길가에서 사랑채 방 안까지 훤히 들여다보였다. 흙벽은 틈이 벌어지고 천장에서 떨어진 흙과 나뭇조각들이 방 안 한가운데에 쌓여 있었다. 엄마는 속수무책으로 쳐다보기만 할 뿐 손을 댈 엄두가 나지 않아 잠도 자지 않고 바로 서울로 올라가곤 했다. 그런 사랑채에 한지까지 말끔히 발린 문 네 짝이 모두 제자리에 달려 있다. 끝내 찾지 못한 분합문 두 짝만 보이지 않는 마루는 애초에 구조가 그랬던 것처럼 태연하다. 삐죽이 내려온 걸쇠 두 개가 분합문이 있었다는 사실을 상기시켜줄 뿐.

"빈집인 걸 아는 사람들 짓이지. 자물쇠를 뜯고 들어와 문짝은 물론이고 안채 항아리나 솥단지까지 싹 다 가져가버렸잖나. 집 꼬라지가 이렇게 허무할 수가 있나."

집을 비워둔 지 삼 년이 되던 해, 시제를 지내러 엄마와 함께 왔을 때 맞닥뜨린 도둑맞은 집 꼴은 참혹하기 짝이 없었다. 사랑채 문은 물론 안채까지 침입해 반닫이와 부엌의 놋그릇, 무쇠솥까지 떼어가버렸다.

"아이고 반닫이는 할매 보듯 할라꼬 일부러 놔둔 긴데 그것마저 다 가져가뿌리면 어예노, 이 인정머리도 없는 놈들아."

엄마는 폐가가 된 집을 둘러보며 눈물을 흘렸다. 할머니가 결혼할 때 가져왔다는 오동나무 반닫이는 엄마에겐 집이나 다름없는 물건이었다.

"저것이 눈에 밟혀 이 늙은이는 죽을 수도 없다오."

인사차 찾아오는 친척들 앞에서 할머니는 엄마를 바라보며 탄식을 내뱉었다. 만석꾼 집안 출신이라는 할머니는 남편과 아들에 이어 며느리까지 떠난 후 하나 남은 손녀를 지키는 게 자신의 사명이라 생각했다. 모두 떠난 집에서 그녀는 스스로 대들보가 되어 굳세게 집과 손녀를 지켰다. 손녀가 어른들의 약속대로 결혼을 하자 사위를 데리고 살기로 한 것도 할머니였다.

"니가 무슨 죄를 지었길래 이 팔자를 대물림한단 말이냐."

그러나 손녀의 사내마저 소리도 없이 사라지자 노인은 혼자 된 손녀를 껴안고 벽을 치며 통곡했다. 잃어버린 나라의 법률가로, 독립운동가로 살았던 남자의 아내였던 여인은 남편과 아들이 사회주의 사상의 광풍에 휩쓸려 떠났을 때도 버텨냈지만 손녀사위마저 사라지자 장마철 흙담처럼 무너져버렸다.

사라진 사내들의 행방을 알지 못하는 여자들은 남아서 집을 지켰다. 노인의 며느리이자 자경의 외할머니가 열 살 난 딸 하나를 두고 세상을 떠나자 노인은 손녀를 딸처럼 키웠다. 식구들이 사라진 집에서 할머니와 손녀는 필사적으로 서로를 지켰다. 95세로 할머니가 세상을 떠날 때까지 엄마는 할머니

곁을 떠나지 않았다. 할머니의 장례 후 엄마는 자경의 손을 잡고 더 이상 지킬 게 없는 집을 떠나 서울로 갔다. 말없이 사라진 남편의 편지를 받은 직후였다.

벨칸토 창법의 테너였던 사내는 이탈리아에 가서 성악을 공부하고 싶었다. 대학 성악과 시절부터의 꿈이었지만 그는 국외로 나갈 수가 없었다. 전쟁 때 북으로 갔던 고모가 어느 날 나타난 게 탈이었다. 그녀를 숨겨주었던 가족들과 고모에게 심부름을 갔던 그는 반공법 위반으로 실형을 살았고, 나라 밖으론 나갈 수 없는 신분이 되었다. 간절히 노래를 부르고 싶었던 사내는 그러나 시립합창단 단원도 될 수 없었다. 이 땅 어디서도 붉은 줄이 그어진 신원조회의 덫을 피할 수 없었다. 어느 날 말없이 집을 떠난 사내는 부산의 부두에서 등짐을 지며 기회를 엿보다 밀항으로 일본에 왔노라고 편지를 보내왔다.

'꼭 이탈리아로 가서 공부하고 돌아가겠소.'

사내가 편지의 마지막에 쓴 약속이었다.

엄마는 누구에게도 그 사실을 말하지 않았지만 그의 약속은 사십 년이 넘도록 지켜지지 않았다. 아버지가 병으로 일찍 죽은 걸로 알고 있던 자경은 대학 신입생 때 교내 시위로 최루탄 냄새를 풍기며 들어온 날 엄마에게 어깨를 잡힌 채 사실을 알게 되었다.

"니는 절대로 나서면 안 된다. 친가 외가 할 거 없이 전부 세상을 구한다고 나섰지만 세상은커녕 집안만 다 풍비박산

나고 말았다. 어쩌자고 그 피가 니한테까지 내려온 건지 모르겠다만 절대로 안 된다. 니는 다른 애들하고 다르다. 잡히가면 니는 양가의 내력이 고구마 줄기처럼 다 나올 끼다. 내 죽는 꼴 보고 싶지 않으면 죽은 듯이 살그레이."

엄마는 사색이 된 얼굴로 손목에 말뚝이라도 박듯 단호했다. 그날, 두려움이 실핏줄까지 가득 찬 엄마를 통해 자경이 알게 된 것은 자신과 엄마가 버림받은 사람들이라는 것이었다. 그리고 자경이 지켜야 할 건 무엇보다 엄마라는 사실도.

"밀항을 해보니 일본에서 사는 것도 어렵고 이탈리아는 더 길이 안 보여 북송선을 탔다는구나. 갈 데가 거기밖에 없더란다."

정보기관에서 그를 만나고 온 엄마는 혼이 나간 표정으로 중얼거렸다. 엄마도 자경도 그가 있으리라곤 한번도 생각해보지 않은 곳이었다.

그를 만나고 온 후 엄마는 탈진한 채 일주일이나 앓았다. 밥도 먹지 않고 누워서 식은땀과 열을 내뿜으며 소리 내 앓았다. 그리고 일주일이 지나자 갑자기 병원에 가서 영양제를 맞고 오더니 집 안을 치우고 그의 방을 만들기 시작했다. 침대를 들이고 새 이불을 사고 남자용 잠옷을 사고 그가 좋아했다는 콩가루국수를 만든다며 생콩가루를 빻아왔다. 엄마는 하루하루 몸을 새로 얻은 것처럼 싱싱해졌다. 그런 엄마를 보며 자경은 몹시도 당황했다. 엄마는 마치 사십 년 동안오로지 그를 기다리며 살아온 사람 같았다.

이미 죽은 사람이라고, 아니 살아 있어도 일본이나 이탈리아 어디일 거라 믿었다. 탈북이라니, 자경은 그가 떠나온 곳이 생각지도 못한 곳이어서 온몸에 경련이 일었다. 어쩌다 상상을 하곤 했다. 이탈리아의 작은 무대에서 「오솔레미오」나 「돌아오라 소렌토로」 따위를 부르고 있거나 어느 허름한 거리의 노숙자가 되어 일본의 골목길을 떠돌고 있을 그의 모습을.

"아무래도 이 세상 사람이 아닌 모양이다. 살아 있다면 풍문이라도 어디선가 날아오지 않았겠나."

엄마는 그의 칠순 생일부터 탕국을 끓이고 전을 부쳐 술 한잔과 함께 식탁에 올렸다. 그런데 그가 닿은 곳이 북이었다니, 자경은 불온한 피의 운명에 전율이 일었다.

마당을 둘러친 시멘트블록 담 아래로 노란 돼지감자꽃이 흐드러지게 피어 있다. 키가 큰 줄기가 며칠 전 비에 쓸린 듯 마당에 몸을 뉘어 해바라기를 하고 있다. 수령이 얼마 되지 않은 감나무는 가는 가지에 커다란 대봉감을 주렁주렁 매단 채 늘어져 있다. 아직 따 먹기엔 이르지만 가을 햇빛에 하루하루 부피를 불리고 색을 덧입는 중이다. 노란 돼지감자꽃과 붉게 익어가는 감나무가 남의 집에 온 듯 낯설다. 지난해부터 엄마가 돼지감자를 먹고 있다고 했다. 엄마는 돼지감자 달인 물을 보약이라도 마시듯 했다. 어디서 온 것인지 짐작이 갔지만 자경은 굳이 묻지 않았고 엄마 역시 더 이상 말하지 않았다. 자경과 엄마는 그가 온 직후의 부딪침에 지쳐 언제부터인지 서로 알은척하지 않는 게 예의라는 듯 보이지 않는 선을 지키고 있었다. 엄마는 뒤늦게 애인이라도 생긴 사람 같았다.

"어떻게 이리 매정할 수가 있나. 아이도 아니고 나이도 먹을 만큼 먹은 애가."

엄마의 눈물바람에도 불구하고 자경은 돌아서지 않았다. 아니 오히려 엄마가 이해되지 않았다. 어떻게 사십여 년 세월, 죽은 사람으로 치고 살아온 시간이 그렇게 순식간에 다 허물어질 수 있단 말인가.

"왜 원망이 없겠노. 원망으로 치자면 내가 제일 크지 않겠나. 그래도 보자마자 불쌍한 맘이 더 크더라. 여기서 쫓겨나 거기까지 갔는데 거기서도 못살아 다시 또 여기까지 떠밀려온 거 생각하면 무슨 인생이 이 모양인가 싶기만 하더라."

엄마는 기회가 될 때마다 자경 앞에서 눈물바람을 했다. 그러나 자경은 엄마의 눈물에도 꿈쩍하지 않았다.

"가려고 간 것도 아니고 오려고 온 것도 아니라잖나. 다 세월 잘못 만난 탓이지 그 사람 잘못이 뭐 있겠노."

어떻게 모든 걸 세월 탓으로 돌릴 수 있단 말인가. 자경은 그를 만나고 싶지 않다고 강경하게 선언했다.

그가 정보기관의 모든 심문과 교육을 받고 나와서 처음 집에 오기로 한 날이었다. 자경은 그것도 모른 채 저주파치료기를 전해주러 엄마에게 갔다. 현관에 들어서자마자 그가 오기로 했다는 말을 듣고 급히 엄마의 집을 뛰쳐 나오다가 엘리베이터에서 내리는 그와 맞닥뜨렸다.

"아이고 야야, 들어가자."

엄마가 자경의 손을 잡아끌었다. 자경은 손을 뿌리치고 그를 외면한 채 얼른 엘리베이터로 들어가 닫힘 버튼을 눌렀다. 닫히는 문 앞으로 다가온, 마른 대추처럼 쪼그라든 노인이 넋을 잃은 듯 엘리베이터 안을 바라보고 있었다. 찰나였지만 눈이 마주쳤고 칠십대 중반의 나이라곤 믿을 수 없을 정도로 늙고 초라한 행색의 사내가 한눈에 들어왔다. 대리석처럼 매끈했던 사진 속 이마는 구불구불한 밭둑처럼 깊이 패고 듬성듬성 검버섯도 피어 있었다. 자경은 닫힘 버튼을 연속으로 눌렀다. 아파트 앞 주차장을 가로질러 걷는 꼭뒤에 무언가 와서 들러붙는 것 같아 차가 있는 앞동까지 뛰었다. 엄마 집의 거실 창으로 자경을 내려다보고 있을 그의 시야에서 한시바삐 사라지고 싶었다.

"주옥 씨는 따님을 버린 게 아니라 자신의 생명을 구한 거예요. 언젠가 따님도 엄마를 이해할 날이 오겠죠. 죄책감은 자신을 갉아먹을 뿐이에요. 건강하게 지내야 따님도 만나잖아요."

탈북민 서주옥과 상담을 하면서 자경은 진심으로 마음이 저렸다. 탈북민들의 사연은 수없이 들어도 면역이 되지 않았다. 열 살짜리 딸아이를 두고 홀로 탈북한 여자는 매일 밤 아이 꿈을 꾼다고 했다. 중국에 가서 돈을 벌어오겠다며 아이를 떼어놓고 강을 건넌 여자. 잠자는 아이를 한번 안아보지도 못하고 급히 빠져나온 집. 낯선 사람을 따라 강을 건넌 지 얼마 지나지 않아 자신에게 몸값이 붙어 있고 그 돈을 갚는 길은 누군가에게 팔려 가는 수밖에 없다는 걸 알아챈 여자. 결국 중국 내륙 깊숙한 곳으로 팔려 가 낯선 남자의 아내가 돼버린 여자. 중국 남자와의 사이에 아이를 낳았지만 불법체류 신세를 벗어날 길 없어 다시 목숨을 걸고 캄보디아를 거쳐 한국으로 들어온 여자 서주옥. 그녀는 중국에 두고 온 세 살짜리 아들보다 북에 두고 온 딸 이야기만 했다. 그애는 내가 여기 와 있는 것도 모를 거예요. 심장이 안 좋아서 방 안에 누워만 지낸다는 아이 이야기를 할 때마다 그녀는 눈물바람을 했다. 닭갈비집에서 일하는 그녀는 자기 손으로 딸에게 닭갈비를 해주는 게 소원이라고 했다.

집 옆 황소나무뚝을 지키는 느티나무에서 새소리가 들려온다. 오랜만에 듣는 박새 소리다. 자경은 삼 년 전 엄마와 함께 잠깐 왔다가 반쯤 쌓은 시멘트블록을 본 후 발길을 뚝 끊었다. 엄밀히 말하면 엄마의 고향이었지만 친가 역시 풍비박산이 나버렸으니 자경에겐 태어나고 자란 이곳이 고향이었다.

"집을 좀 고쳐보겠다더니 이걸 해놨잖나. 탈북자 동료 한 사람 같이 와서 쌓았다더라."

엄마는 자경의 눈치를 보면서도 그가 쌓은 시멘트 담을 흐뭇하게 바라보았다. 무너진 행랑채 지붕과 서까래는 전문 기술이 필요한 분야라서 할 수 없이 더 이상 무너지지 않게 나무 기둥만 받쳐놓았다 했다. 마치 부목을 댄 깁스한 다리 같다.

"조금만 더 고치면 여기 와서 살아도 될 것 같잖나."

엄마는 신혼집이라도 보러 온 사람처럼 들떠 있었다. 그러나 엄마의 환한 얼굴과 달리 자경은 아연했다. 무엇보다 시멘트블록을 쌓아놓은 담 때문이었다.

"집을 다 망쳐놨잖아!"

비명을 지르는 자경에 비해 엄마는 태연했다.

"뭐 어떻나. 담도 없던 집에 이거라도 둘러놓으니 길가에 내놓은 집 같지도 않고 안온하이 좋잖나. 할배가 담 쌓을 새도 없이 집을 떠나셨으이."

엄마는 노망이라도 난 사람처럼 그에게 너그러웠다. 이해할 수 없는 환대였다.

문을 열고 안채로 들어선다. 지은 지 백 년이 좀 지난 집은 문마다 틀어지는 소리가 요란하다. 아래로 완만한 곡선을 이룬 문지방은 습기 때문에 하얗게 분이 피어 있다. 백오십 년이 넘으면 지방자치단체에서 한옥 수리 지원금을 준다는데 이십 년이 모자란 이 집은 곳곳에서 잘못 맞춰진 노파의 뼛조각처럼 자지러지는 소리가 난다. 이삼백 년 넘은 한옥이 모여 있는 동네에서 제일 늦게 지은 집이지만 가장 많이 허물어진 집이기도 했다.

미음 자로 앉은 안채 마당이 지붕 사이로 쏟아져 들어오는 햇살을 받아 다른 세상처럼 환하다. 대청마루 안까지 햇살이 깊숙이 들어오니 문득 할머니가 살아 있을 때의 오후 한때처럼 아늑해진다.

그날은 더위가 막 가신 초가을 이맘때였다. 흰머리를 한 올도 흐트러지지 않게 빗어 은비녀로 쪽을 찐 할머니와 곱슬머리를 커트한 엄마가 마주 앉아 할아버지의 수의와 검은색 남자 양복을 꺼내 바람을 쐬고 있었다.

"할매요, 이렇게 철마다 옷 꺼내 거풍을 시키면 진짜 오실까요?"

젊은 엄마가 한숨을 내쉬며 물었다. 해방 후 돌아온 할아버지는 잠깐 머문 후 다시 새로운 파도에 몸을 싣고 북으로 갔다. 아버지를 따라 아들마저 떠났지만 누구도 돌아오지 않았다. 할머니는 그때부터 할아버지의 수의를 짓기 시작했다. 옷감 욕심이 많은 할머니가 시집올 때 가져온 것도 적잖았지만 인편이 있을 때마다 친정에서 보내준 천이 반닫이 가득했다. 손으로 짠 명주 옷감은 잠자리 날개 같았다. 할머니는 향물 들인 비단에 바늘자국도 보이지 않게 곱디고운 수의를 지었다.

"언제 오실지도 모르는 어른 수의는 뭐 하러 짓는교?"

동네 친척들이 안쓰러운 얼굴로 할머니에게 물었다.

"미리 해놓으면 오래 산다 안 하나."

할머니의 바느질 솜씨는 널리 소문이 나 있었다. 할아버지가 북만주에서 독립운동하던 시절 할머니가 솜을 두둑이 넣은 한복을 다섯 벌이나 만들어 연길까지 다녀온 이야기는 전설처럼 회자되었다. 추운 만주에서 돈이 없어 솜옷을 전당포에 잡히고 얇은 여름옷으로 지낸다는 소식을 들은 할머니는 그날부터 솜옷을 다섯 벌이나 짓더니 만주에 가야겠다고 했다.

"거가 어딘 줄 알고 가신다 하니껴."

자신들의 대리인이기도 한 동생을 멀리 보내놓고 돈을 끌어모아 부치고도 오매불망 걱정이 끊이지 않는 시숙들 모두가 말려도 할머니는 포기하지 않았다. 마침 할아버지의 편지가 어쩌다 한번씩 인편을 통해 전해지던 시기였다.

"앞장서라."

끝내 아들을 앞세워 만주까지 간 할머니는 한 달 동안 할아버지와 함께 지내고 돌아왔다. 그때 처음 버스를 타면서 할머니가 신발을 밖에 가지런히 벗어두고 차에 올랐다는 일화도 빠지지 않는 이야깃거리였다. 가마를 타던 버릇이었다.

"어디 있든동 옷이라도 티 없이 간수하면 잘 지내지 않겠나."

할머니가 할아버지의 옷을 거풍할 때마다 엄마도 양복 한벌을 같이 내왔다. 대청 뒷문까지 다 열어 바람길을 낸 다음 할아버지의 수의와 그의 검은 양복을 대나무 옷걸이에 차례대로 걸었다. 수의는 모두 세 벌씩 하는 거라서 할아버지의 옷은 가짓수가 셀 수 없이 많았다. 손톱 발톱과 머리카락까지 담는 색색의 고운 주머니 오낭, 저승사자들에게 줄 정성이라며 명주수건까지 수십 개씩이나 만든 수의는 꺼내놓는 데만도 긴 시간이 걸렸다. 마지막으로 황금색 안동포로 지은 도포를 거풍시키는 것으로 모든 의식이 마무리되었다. 할머니가 삼십 년 동안 하나씩 만든 수의였다. 두 여인에겐 부적 같은 옷들이었다.

95세 되던 해, 할머니가 세상을 떠나자 엄마는 할머니가 직접 만든 할아버지의 옷들을 할머니의 수의로 입혔다.

"남자 수의를 여자한테 입히는 법이 어디 있노."

집안 어른들의 반대가 심했지만 엄마는 굽히지 않았다.

"세상 어떤 옷이 이보다 곱고 정성스럽겠니껴. 옷 주인인 할배 아니면 이 옷 입을 자격은 할매밖에 아무도 없니더."

어떤 일보다 장례에 엄격한 집안이나 누구도 엄마의 고집을 꺾을 수는 없었다. 어린 자경은 남자 수의를 입고 떠나는 할머니가 장군으로 환생할 것 같아 기분이 좋았다.

자경은 대청마루에 올라간다. 안채는 사랑채보다 정리가 더 잘돼 있다. 마룻장은 검은 때가 말끔히 벗겨지고 기름병이라도 쏟은 듯 반질반질하게 빛난다. 미음 자로 맞물린 지붕 위로 초가을 햇살이 기왓장 속을 파고든다. 한때 온갖 풀씨가 날아와 풀들이 덤불을 이루며 무성했던 지붕이다.

"풀밭 같던 지붕이 정말 말끔해졌더라. 풀 때문에 지붕 다 무너진다 걱정 안 했나. 지붕에 올라가 와송만 남기고 다 뽑아버렸더라. 면역력에 좋다고 소문난 거라 그냥 놔뒀단다. 거기서 사는 동안 민간요법에 훤해졌더라."

기와 위에 드문드문 소나무 가지처럼 솟은 것들이 와송인 모양이다. 사십 년 세월은 벨칸토 성악가를 집수리 기사로, 민간요법 치료사로 만들기도 했다. 엄마는 자경의 눈치를 보면서 슬금슬금 그의 이야기를 흘렸다. 그러나 자경은 요지부동이었다. 그의 이야기도, 그와 마주치는 것도 극구 피했다.

엄마에게 갈 일이 있으면 반드시 미리 연락해 그가 자리를 피하게 하거나 아니면 밖에서 만났다.

"지독하기도 하다. 애비한테."

엄마는 자경을 달래다 지치면 화를 냈다.

"거기 갔으면 거기서 잘 살 것이지 왜 또 여기로 와요? 거기에 아들도 있다면서."

자경은 참았던 말을 내뱉었다. 그를 생각하면 그곳에 남아 있다는 모자, 대학생이라는 아들과 도서관 사서라는 새 아내가 먼저 떠올랐다. 그의 이탈로 인해 그들은 또 어떤 혹독한 시간을 보내고 있을 것인가. 자경은 두 번씩이나 가족을 두고 떠난 그를 용서할 수 없는 건지도 몰랐다.

"오려고 온 게 아니라고 했잖나. 중국에 나갔다가 돌아갈 수가 없어서 할 수 없이 여기로 온 거라고. 그 사람들 생각하면 마음 저린 게 너만 그런 줄 아나."

그 사정은 누구보다 자경이 잘 알았다. 자경이 만난 대부분의 탈북민들도 비슷했다. 중국에 가서 노동을 하려고 혹은 보따리장사를 위해 강을 건넜다가 돌아가지 못해 결국 이곳으로 왔다. 처음부터 이곳을 목적으로 탈출한 경우가 오히려 드물었다. 중국에 있자니 신분이 불안정해 인신매매의 타깃이 되거나 이미 팔려 간 집에서도 공안이 무서워 문밖으로 나가지 못하고 갇혀 있어야 했던 사람들. 그들은 결국 목숨을 걸고 다시 제3국을 경유해 이곳으로 왔다.

자경의 상담소에 그들을 위한 프로그램을 만든 건 순전히 우연이었다. 대학 친구 미연이 자신이 속한 단체에서 만난 탈북민 한 명을 상담해달라고 부탁해서 처음 만나게 되었다. 목숨을 걸고 이곳에 왔지만 아무도 반겨주지 않을뿐더러 이용당하기 일쑤고, 무시당하고 때론 혐오의 대상이 되기도 하는 그들. 그런데 그 속에 그가 쌀독의 뉘처럼 섞여 있었다. 하필이면 그가.

대청에서 마주 보이는 기와엔 이끼들이 버짐처럼 피어 있다. 남향으로 들어앉아 볕이 넉넉잖은 것도 아닌데 이상하게도 기와는 자경과 엄마가 떠나고부터 이끼가 돋기 시작했다. 아니, 이 집의 사내들이 집을 떠난 후부터인지도 몰랐다. 사람 입김이 지붕 위까지 전해지기라도 한다는 건가, 해마다 이끼를 더하는 지붕을 볼 때마다 자경은 집이 살아 있는 생물 같다는 생각이 들었다.

안방에 덧대어 지은 건물의 시멘트 벽면이 이물스럽다. 의젓한 한옥 건물에 하얀 새시 창까지 달린 시멘트 건물이 붙어 있으니 생뚱맞기만 하다. 그가 동료와 함께 만들었다는 주방과 화장실인 모양이다. 안방엔 기름보일러도 깔아 이제 겨울에도 갈 수 있다고 엄마는 좋아했다. 자경은 차마 그 시멘트 벽을 정면으로 바라볼 수가 없다. 흙벽은 못할망정 황토색 페인트라도 바를 것이지 어떻게 저런 형편없는 미감을 가졌단 말인가. 실용성 외에는 찾아볼 수 없는 시멘트 벽과 블록 담이 자경은 여전히 용납되지 않았다.

"북한식인 모양이지?"

지나가던 동네 사람이 빈정거리던 말을 들었다고 엄마가 화를 낸 적도 있었다. 오래된 한옥마을에서 유일하게 시멘트 블록으로 담을 쌓아 분위기를 망쳐놓고도 그는 아무렇지도 않단 말인가.

"한옥 수리 전문가를 불러 견적도 내봤잖나. 제대로 수리하려면 집 새로 짓는 게 훨씬 낫다고 니도 안 들었나. 임시방편이라도 이렇게 해놓으니 좋기만 하구마. 집이 사람 거처하기 편하면 됐지 뭘 그리 까다롭게 구노."

엄마는 입식 주방과 수세식 화장실로 대만족이었다. 그러나 이곳에서 더 많은 시간을 보낸 사람은 정작 엄마가 아니라 그였다.

"엄마, 갈비 재워서 내일 갈게."

자경은 늘 하루이틀 전에 방문 날을 미리 알렸다.

"갈비는 뭐 하러 하노. 그냥 밖에서 갈비탕이나 한 그릇 먹으면 되지."

엄마는 방문을 막아보려 했지만 자경은 굳이 집으로 가겠다고 고집했다.

"못된 년 같으니라고."

엄마는 그때마다 눈을 흘기며 말끝을 흐렸다.

이 집은 자경이 엄마에게 갈 때마다 그의 피난처가 되었다. 처음 느닷없이 그를 만난 이후 자경은 반드시 엄마에게 미리 전화를 했다. 처음엔 자경이 간다고 할 때마다 그는 동료 탈북인의 임대아파트로 가서 하루이틀 지내다 오곤 했다. 그러나 횟수가 거듭되면서 그것도 미안해진 그는 언제부터인가 이곳으로 내려왔다. 작은방 하나를 치워 거처하다가 하나둘 손을 보기 시작하더니 결국 본격적으로 집수리를 시작했다. 그는 자신을 만나고 싶지 않다는 자경을 피해 와 기와의 잡초를 뽑고 시멘트블록 담을 쌓고 재래식 부엌을 고치고 수세식 변기를 들였다. 때로 자경은 일부러 엄마 집에서 일주일이나 머물다 오기도 했다. 그럴 때마다 엄마는 안방에 들어가 그에게 전화를 했다.

"사흘 더 있다 오소."

미안한 기색이 역력한 목소리였다.

"괜찮아요, 그애 마음 충분히 이해한다니까. 내가 죄인인걸."

한번은 엄마가 켜둔 스피커폰으로 그의 목소리가 들렸다. 경상도 사투리에 북의 억양이 섞여 투박하기 이를 데 없는 말투였다. 긁히고 닳고 쉰 목소리는 화려한 기교로 악기와 겨룬다는 벨칸토 창법이 도저히 연상되지 않았다. 엄마는 스피커폰을 일부러 켜두었지만 자경은 모른 척했다.

그런데 그가 쓰러졌다고 했다.

"자경아, 이 사람이 갑자기 피를 토하고 배를 잡고 뒹군다. 저녁 생각이 없다면서 소파에 눕더니 갑자기 이러니 우야믄 좋노."

자경의 전화기에 녹음된 엄마의 음성은 불안하고 다급했

다. 엄마는 끝내 울음을 터트리며 전화를 끊었다.

자경은 원주 근교에서 미디어플랫폼 회사 직원들을 대상으로 일박 이일 집단 상담을 진행하고 있었다. 전화기를 꺼놓은 사이 벌어진 일이었다. 자경이 전화를 받지 않자 엄마는 자경의 남편에게 전화를 했고, 그가 119에 신고한 후 병원으로 달려갔다.

위암 4기라고 했다.

"선고받은 지 두 달이나 됐다는데 장인어른이 아무한테도 말씀을 안 하셨나 봐. 통증이 심했을 텐데 진통제로 버티신 모양이야. 지독한 양반…… 장모님께는 차마 말씀을 못 드리겠어."

좀처럼 감정의 변화가 없는 남편의 목소리에 물기가 흠뻑 배어 있었다.

아침 첫 프로그램이 끝나자 자경은 두 명의 직원들에게 마무리를 맡기고 리조트를 빠져나왔다. 엄마한테 가봐야 할 것 같았다. 아니, 그에게 가봐야 하는 것인가. 자경은 가을 안개가 자욱한 리조트를 벗어나며 혼란에 휩싸였다. 문막 IC에서 하이패스를 통과하고 막 서울 방향 진입로로 들어서려는 순간이었다. 자경은 갑자기 핸들을 반대편으로 틀었다. 원주 방향으로 들어선 차는 다시 만종으로 접어들었다. 그가 있는 서울의 병원과는 점점 멀어지고 있었다. 자경은 쉬지 않고 달려 서안동 IC로 빠져나왔다. 안개가 퇴각하듯 소리 없이 밀려가고 있었다. 동네 입구에 늘어선 아홉 그루의 늙은 느티나무에서 노랗게 물든 이파리 하나가 자동차 유리 위로 고요히 낙하했다. 추수기에 접어든 벼들이 아침 햇살을 받아 샛노랗게 빛났다. 죽음을 떠올리기엔 지나치게 평화로운 풍경이었다.

유난히 안개가 많은 마을이었다. 어릴 적, 아침이면 장막처럼 드리운 안개 사이로 영감댁의 날렵하게 솟은 기와지붕과 참봉댁의 흙담이 환영처럼 보이곤 했다. 그즈음이면 종가로 난 골목에서 사람들의 발소리가 들렸다. 안개 자욱한 마을에서 두루마기까지 차려입고 집집마다 들러 유령처럼 서로 아침 인사를 나누던 사람들. 유난히 사라진 사람이 많은 동네여서 안부 인사가 그토록 중요했던 걸까. 할머니가 살아 있을 때까진 자경의 집도 아침 문안 행렬에서 빠지지 않았다. 빈 사랑채를 지나 바로 안채로 들어와 헛기침으로 방문을 알리던, 안개 낀 아침의 남은 자들. 그 안개 속으로 사라진 사람들의 지워진 발자국은 오랫동안 금기로 봉인돼 있었다. 그들을 세상 밖으로 부른 게 무엇이었을까. 자경은 깊은 의문에 사로잡혔다.

화장실 위로 살짝 드러난 푸른색 경사면이 유난히 눈에 거슬린다. 자경은 발끝을 들어 푸른색의 정체를 쫓는다. 새로 들인 화장실의 지붕인 모양이다. 가린다고 가렸지만 어쩔 수 없이 드러나는 코발트블루의 선명한 색채. 온통 무채색 일색인 기와집 사이에서 쨍한 푸른색을 칠한 무신경에 다시 화가 난다. 흙손 자국이 선명하게 남은 벽면 모서리와 기둥까지 덧칠된 시멘트도 눈엣가시 같다. 그나마 기둥을 살려 덧칠된 주방에 비해 화장실의 시멘트 벽면은 생경한 이물감을 지나치게 선명히 드러내고 있다. 누가 봐도 한옥과는 어울리지 않는다. 아니 본채에 겨우 붙어 있는 시멘트 건물은 마치 온몸을 웅크린 채 홀로 떠 있는 작은 섬 같다. 자경은 문득 그를 떠올린다. 쫓겨나고 떠밀려와 간신히 몸을 걸치고 있는 존재, 그는 이미 난파선인지도 몰랐다. 산산이 부서진 채 물 위를 부유하는.

갑자기 구름이 몰려오면서 햇살이 빠르게 지나간다. 햇살이 지나간 푸른 지붕 위에 곧 그늘이 드리운다. 섬이 다시 바다로 나아가려 몸을 뒤척이는지 조금씩 흔들리기 시작한다. 자박자박 물이 차오른다. 흔들림이 점점 거세진다. 자경은 떠나가는 섬을 잡기라도 하려는 듯 벌떡 일어난다. 손을 뻗어 휴대폰과 차 열쇠를 챙기고 서둘러 안채 중문을 잠근다. 차가 있는 마을회관을 향해 달리는 자경의 다급한 발소리가 시멘트 담을 두른 골목으로 흩어진다.

전성태

조용한 생활

1994년 실천문학 신인상으로 등단하며 작품 활동 시작. 소설집 『매향(埋香)』 『국경을 넘는 일』 『늑대』 『두 번의 자화상』, 장편소설 『여자 이발사』, 산문집 『세상의 큰형들』 『기타 등등의 문학』 등이 있음. 신동엽문학상, 채만식문학상, 오영수문학상, 현대문학상, 이효석문학상, 한국일보문학상 수상. 현재 순천대 문예창작학과 교수로 재직 중.

퇴근 전 책상을 정리하다가 준모는 그 메모지를 발견했다. 그는 금세 메모를 알아봤고 낭패감이 들었다. 나흘 전 집주인 노인이 안긴 것이었다. 은행 봉투를 재활용한 메모지는 교양 과목 수강생들의 과제물 밑에서 나왔다. 사인펜 글씨로 '李喆鎬(煥)?'와 함께 '1937?' 하고 연도가 쓰여 있었다. 물음표들은 준모 자신이 직접 적어 넣은 것이기도 했다.

허 노인이 이층으로 몸소 올라와 준모의 방문을 두드리는 일은 흔치 않았다. 노인은 너른 이마 위에다가 돋보기를 올려놓고 서 있었다. 조간신문을 구독하는 노인을 아침이면 같은 모습으로 마당에서 맞닥뜨릴 때가 있었다.

"김 교수, 출근하나베?"

문 앞에 서서 노인은 유난히 조심스러웠다. 준모는 노인을 양옥의 바깥 베란다에 잠시 세워두었다. 그는 세탁소에 맡길 겨울 외투까지 챙겨 들고 나섰다. 홍매화가 끝물이라 밤새 꽃잎이 베란다로 날아와 흩어져 있었다. 준모는 무의식적으로 꽃잎을 피해 발을 디뎠다. 자연스럽게 계단 쪽으로 두어 걸음 노인을 이끌게 되었고, 바쁜 티를 냈던 모양이다.

"바쁜 사람 붙들고 있을 수 없응께 거두절미하고……"

노인은 사람 하나를 찾아달라고 했다. '이철호' 혹은 '이철환'이라는 이가 준모가 몸담은 대학의 전신인 농업학교에 다녔는지 확인해달라는 것이었다. 승주 주암 쪽 사람이라고 했다. 일제 때 학적부에서 학생 하나를 찾아달라는 소리였는데 준모는 아득한 일처럼 여겨졌다. 임용되고 첫 학기라 학교는 낯선 것투성이였다. 이런 걸 알아내려면 어느 부서에서 어떤 절차를 밟아야 하는지 가늠이 되지 않았다. 그리고 그는 남의 일에 나서고 싶지 않았다.

"농업학교를 다녔다고요? 1937년에?"

"딱 그해라고 장담은 못해. 그 어름쯤 되겠다는 거제."

얼추 백수에 다다랐을 그 사람이 살아 있을 확률은 낮아 보였다. 그러니까 사람을 찾는다기보다 1937년으로 추정되는 시간에 존재했을 한 사람의 흔적을 확인하려는 것 같았다. 노인이 준모의 표정을 살피며 덧붙였다.

"졸업도 그렇구먼. 인저 거길 댕겠다, 그런 증언만 들었다는 거제 졸업장을 땄는지 그건 몰겠다대."

여전히 허 노인이 하는 말은 앞뒤가 없었다. 남 이야기를 전하는 말투며 누가 누구에게 들었다는 건지, 그래서 그 사람을 찾는 당자가 누구라는 건지 알 길이 없었다. 자신이 바쁜 티를 내서 그런 게 아니라 노인이 뭔가를 감추고 있었다. 애초부터 그렇게 마음먹고 올라왔는지 몰랐다. 그래도 부탁하는 입장에서 왜 그 사람을 찾는지 최소한 연유는 밝혀줘야 하는 건 아닌가 싶었다. 그저 심부름만 해달라는 식이라면 곤란했다. 그로 인해 준모가 불편해하는 걸 노인도 빤히 아는 듯싶었다. 말끝마다 자기 사정도 곤란하다는 듯 한숨을 지었다. 준모는 외투를 빨래 건조대에 걸쳐두며 되뇌었다.

"졸업 여부도 정확지 않고…… 성함이 호(鎬)일 수도 있고 환(煥)일 수도 있고……"

그럼에도 노인은 고개만 끄덕일 뿐 별 대꾸가 없었다.

"등본 같은 걸 떼보면 성함은 금방 알아낼 수 있을 텐데요."

"오죽 답답했으면 인저 학교 서류를 뒤져볼 맘을 묵었겠어."

지금껏 해볼 만한 건 다 해보았다는 눈치였다. 말을 보탤수록 의문만 커져가는 대화를 더 이을 필요가 있을까. 출근 시간이 빠듯해지고 있었다. 세탁소도 들러야 하고, 교내 복삿집에 제본 맡겨놓은 것도 찾아야 했다.

"요새는 개인정보보호법이다 뭐다 해서 학적부 같은 걸 함부로 열람시켜줄지 모르겠어요."

하고 준모는 한발 빼면서 메모지를 주머니에 넣었다. 그제야 노인이 우물우물 답답한 속내를 내놓았다.

"여순 그거 있잖은가베?"

"여순사건이요?"

"그려. 그거 신고하려는 거여."

준모는 노인을 가만히 건너다보았다. 주위를 살피며 어찌나 비밀스럽게 얘기를 하는지 준모는 하마터면 제 입을 틀어막을 뻔했다. 어쨌든 노인은 이 일이 아주 사적인 일만은 아니니만큼 당신이 도와줬으면 한다고 주장하는 것 같았다. 실제로 준모는 압박감을 느꼈다. 여순사건 특별법이 제정되고 한 해 기한으로 피해신고 접수가 진행 중이었다. 시내 곳곳에 신고하라는 현수막이 걸렸다. 신고가 지지부진하다는 뉴스도 있었다. 그해 태어난 이가 일흔을 훌쩍 넘긴 노인이 되었을 세월이니 학살을 목격한 사람이나 유족이 얼마나 생존해 있을까 싶었다. 당장 허 노인도 그 시절에는 아주 어려서 부재한 사람이나 다름없을 거였다. 1948년 일이라면 노인이나 준모나 어떤 실감도 없다는 점에서 같은 처지였다.

"무담시 김 교수한테 부담을 지우네. 안 되면 어쩔 수 없지만서두 이참에 이름 석 자라도 속 시원히 알아냈음 좋겠구먼."

그러니까 노인이 찾고자 하는 건 한 사람의 정확한 이름이었다. 준모가 추측건대 여순사건 피해자 신고를 하려는데 희생자의 이름을 특정하지 못하고 있는 듯했다. 그게 가능한 일일까? 주민등록부로 확인이 되지 않는 가족이 있을 수 있을까? 희생자가 노인의 먼 친척인 걸까? 성씨가 다른 걸 보면 외가 쪽인지도 몰랐다. 집안에서만 은밀하게 전수된 비밀들이 칠십삼 년이 지나서야 조심스럽게, 그러나 이렇듯 불투명하게 밖으로 흘러나오는 걸까. 여순사건과 관련하여 어떤 얘기든 조심하려는 노인의 태도가 낯선 건 아니었다. 준모도 어린 시절에 이 지방에서 자랐다. 공포가 내면화되고 침묵이 일상화된 공기가 어떤 것인지 알았다. 세상이 언제 또 뒤집힐 줄 몰라 본능적으로 신고를 꺼리는 피해자가 많았다. 그래도 세상이 어떻게 변해왔는지 겪은 사람들이 아직도 움츠리는 모습이 준모로서는 지나쳐 보였다. 피해자들의 두려움이 그대로 유전되고 있다고 보일 정도여서 거짓처럼 여겨졌다. 그러나 두려움이 지금도 엄연히 실체를 갖고 살아 있는 건 사실이었다.

준모는 문득 노인이 사건 자체가 두려워서가 아니라 준모의 정체를 파악하지 못해서, 그러니까 나는 너를 아직 모른다는 경계심에 이러는 건 아닌지 의심스러웠다.

준모는 노인에게 알아보겠다고 대답했다.

그날 출근길에 외투를 세탁소에 맡기지 못하고 저녁에 맡겼다. 준모는 주말부부 생활을 하고 있었다. 울산과 창원에서 보낸 연구소 생활까지 포함해서 칠 년째였다. 아내가 정규직으로 전환되고 두 아이가 커가면서 가족을 이끌고 다닐 수 없었다. 처음에는 주말마다 세탁물을 싸 들고 대전의 본가로 가져갔다. 그러다 이내 번거로워져서 손수 빨거나 세탁소에 맡겼다. 그랬더니 이곳 집에는 옷가지들이 쌓여가고 본가의 장롱은 점점 비어갔다. 본가에 변변하게 갈아입을 계절 옷이 없을 때도 있었다. 해를 거듭할수록 본가의 살림에서 그의 흔적이 지워지는 것 같았다. 원로 교수들은 웬만하면 가족을 불러내서 함께 살라고 했다. 교수 생활을 은퇴한 후에도 가족 곁으로 가는 일이 편치 않아 여전히 이곳에 방을 잡아 주말부부 생활을 이어가는 이들이 있다고 했다.

세탁소는 초등학교 담벼락에 붙어 있었다. 낡은 단층 건물에는 세탁소와 함께 이발소와 문구점이 있었다. 얼핏 보면 1980년대를 배경으로 하는 드라마 세트장을 연상케 했다. 노부부가 세탁과 수선을 함께 했다. 세탁물을 받으면 할머니가 옆 문구점에서 구했을 성싶은 초등학생용 공책에 세탁 물목과 함께 맡긴 사람의 이름과 전화번호를 받아 적었다. 언제까지 해달라고 요구하면 그 옆에다가 요일을 적었다. 곁에서 지켜보노라면 불안하기 이를 데 없었다. 할머니가 없을 때는 할아버지가 세탁물을 받았는데 그는 세탁 물목을 기록하지 않았다. 모든 게 여기에 입력된다고 제 머리를 손가락으로 두드리곤 했다. 아마 할아버지는 문맹인 듯싶었다. 세탁소는 후불제인데 카드 결제가 되지 않았다. 첫 거래 때 하도 황당해서 준모는 요새 세상에 카드를 거부하는 세탁소가 어디 있느냐고 따졌다. 할아버지는 태연하게 소상공인인 걸 내세웠다. 수수료 떼여가며 골목 세탁소를 운영하기 어렵다며 항변했다. 분명 어딘가에 카드단말기를 처박아놓고 배짱을 부리는 게 분명했다. 이런 엉터리가 있나 싶어 신고를 해버릴까 고민도 하고, 다른 세탁소를 찾아 나서기도 했으나 근처에 코인빨래

방은 있어도 다림질까지 맡길 만한 세탁소는 없었다.

그렇다고 그 집이 세탁까지 엉터리인 건 아니었다. 제때 세탁이 되지 않는 경우는 없었고, 귀가 시간이 늦어져 며칠째 찾지 못한 세탁물이 생기면 주인집에 배달해놓고 간 적도 있었다. 그런 날은 자연스레 외상으로 처리되었는데 안내도 독촉도 없었다. 세탁소가 이상할 건 없었다. 따지고 보면 늙은이들은 그저 예전 방식대로 장사를 하고 있을 따름이었다. 세탁소의 고객들도 준모 같은 경우는 드물고 오랫동안 이 마을에서 늙어가는 주민들이 대부분일 거였다. 거처를 이 골목에 잡은 이상 이곳의 이상한 생활감까지 받아들여야 하는지 몰랐다.

강의를 끝내고 학교 인트라넷을 검색해 학사지원과의 학적 담당자를 찾아냈다. 담당 직원은 휴가 중이었다. 전화를 받은 여자 직원이 단순한 업무라면 자신이 처리해주겠노라고 했다. 준모는 볼펜으로 메모지에 적힌 이름에다가, 그리고 1937년에다가 물음표를 붙여가며 용건을 설명했다. 여자는 그런 사안이라면 자신이 처리할 수 없겠다고, 담당 직원이 내일 출근할 테니 직접 문의해달라고 안내했다. 전화를 끊기 전 준모는 직원에게 물었다.

"농업학교 시절 자료가 전산화되어 있나요?"

"그때 것들은 아마 문서고에서 찾아야 할걸요."

역시 난망한 일 같았다. 기대하지 않아서 그런지 준모는 내리 사흘을 바쁜 일과에 섭슬려 허 노인의 부탁을 깜박 잊고 지냈다.

업무가 종료되는 여섯시가 되려면 아직 이십여 분이 남아 있었다. 준모는 사무용 전화기를 무연히 바라보았다. 퇴근 시간이 임박해 걸려오는 이런 민원전화는 어떨까? 그는 자꾸만 소심해지는, 그래서 병적으로 그 상태를 추궁하는 자신을 느꼈고 벗어나려고 애썼다. 그는 전염병이 가져다준 거리두기가 전혀 불편하지 않았다. 숱한 행사와 술자리 모임, 장례식과 결혼식에서 놓여났다. 하루 종일 앉아 있어도 아무도 찾아오지 않는 연구실에 틀어박혀 줌으로 강의하고 회의하는 시간이 편했다. 갑자기 찾아온 정적처럼 그는 조용한 생활이 좋았다. 오히려 이런 상태가 원래 정상이 아니었을까 싶을 때도 있었다.

그는 휴대폰으로 메모지의 한자를 검색해 정확한 훈(訓)을 확인했다. 이윽고 그는 메모지 한 귀에 적어둔 내선번호로 전화를 걸었다. 학적 담당자는 출근해 있었다. 남자였고 목소리가 앳되었다. 준모는 여순사건 피해자의 학적부를 찾는다는 말부터 꺼냈다. 그게 이야기를 간단히 끌어가는 데 효과적일 것 같았다. 그가 용건을 얘기하는 동안 상대는 묵묵히 들어주었다. 준모는 당연하게도 상대 직원이 귀찮아할 일이라고 단정해서 말을 앞지르고는 했다.

"퇴근 시간이 다 됐는데 내일 다시 전화할까요?"

"아닙니다. 괜찮습니다."

직원은 차분했다. 잠긴 듯한 목소리에서는 어떤 감정의 동요도 느껴지지 않았다. 그는 여럿이 쓰는 사무실에서 마스크를 쓴 채 전화를 받고 있을 것이다. 업무용 컴퓨터는 이미 꺼져 있는지 모른다. 준모는 솔직하게 얘기했다. 이 일을 부탁한 사람이 경계심이 심해 자세한 사정을 다 털어놓지 않는다고. 그리고 학교의 업무 규정이 허락하는 범위에서 일이 처리되었으면 좋겠다고 부연했다. 거절해도 상관없다는 뜻이 오해 없이 전달되었기를 바랐다. 직원이 입을 열었다.

"돌아가신 분인가요?"

"아무래도 그러지 않겠어요. 이런 경우에는 유족이 직접 열람 신청을 해야겠죠?"

"그렇지는 않습니다. 사망자니까 개인정보보호법 보호 대상은 아니에요. 다만 전산화가 아직 안 되어 있기도 하고, 그때 자료들은 유실된 게 많거든요."

"그렇군요. 정보라도 정확하다면 모를까 괜한 헛수고 같네요."

"……"

준모는 이만해서 전화를 끊을까 싶었다. 이 정도만 해도 허노인에게 면목이 설 것 같았다. 그런데 직원이 큼큼, 목을 틔우더니 물어왔다.

"그분 성함이 어떻게 된다고 하셨죠?"

준모는 직원의 마음이 움직이는 걸 느꼈다. 그는 메모를 들여다보며 찾는 이의 이름을 불러주었다.

"성함을 정확히 모르시더라고요."

준모는 메모의 한자 표기를 직원과 맞춰나갔다.

"문자나 메일로 보내드릴까요?"

"아닙니다. 받아 적겠습니다."

"가만있자, 이게 호경 호(鎬) 자죠, 아마? 밝을 철에 호경 호."

"철은 쌍길 철(喆)을 말씀하시는 거죠?"

하고 직원이 확인했다.

"네."

키보드 두드리는 소리를 수화기로 들으며 준모는 기다렸다.

"또 다른 성함이?"

"이철환이요."

"빛날 환(煥) 자를 쓰겠죠?"

"맞습니다."

업무에 숙달되어서일까. 젊은 사람이 인명 한자에 제법 밝아서 준모는 놀랐다. 그는 기록을 마치고는 다시 물어왔다.

"혹시 주소도 갖고 계십니까?"

"주암 출신이라고만 했어요."

"그때는 행정구역상…… 승주군 주암면이었겠네요."

정보 공유가 끝나자 직원이 처리 절차를 설명해주었다.

"시간이 좀 걸리겠어요. 금방 나오면 모를까 앞뒤로 이 년씩만 넓혀 잡아도 오 년 치를 찾아봐야 할 거예요. 1935년 학적부부터 1939년 학적부까지. 그나마 창씨개명 전이라 다행입니다. 제가 이 일에만 매달릴 수는 없고, 틈틈이 찾아보겠습니다. 그 점은 이해해주셨으면 합니다."

"아무렴요."

오히려 준모가 미안해져서 거들었다.

"가능하면 저도 도울게요. 문서고에 가서 선생님과 함께 작업할 수 있어요."

준모는 누런 서류들이 책장마다 가득 쌓인 문서고에 앉아 바스러질 것 같은 서류들을 들추는 자신의 모습을 상상했다. 어느 한나절을 그곳에서 보내는 일도 나쁘지 않을 것 같았다. 직원은 잠시 뜸을 들였다가 예의 그 차분한 어조로 대답했다.

"아닙니다, 교수님. 이 일은 제 일인걸요. 문서고 출입도 절차가 까다롭고요."

준모는 직원에 대한 신뢰감이 차올랐다. 문서고를 독차지하고 앉아 있을 그를 떠올렸고, 그는 아무리 일이 무의미해도 금세 몰입해서 고독 속에 놓일 것이다. 준모는 그가 자신과 동류의 사람인 걸 느꼈다. 앞에 있다면 손이라도 힘껏 잡아주고 싶은 사람이었다. 그래서 직원의 이름을 문득 물었는지 모른다.

"양태민입니다."

준모는 메모지 하단에 그의 이름을 받아 적었다. 그는 잠시 기시감으로 긴장했다. 그건 오래전 같은 이름을 써본 손끝에서 반응해오는 것 같았다. 그에게는 동명이인의 고등학교 친구가 있었다. 삼십 년이 지나도록 재회한 적 없지만 지금껏 잊어본 적도 없는 친구였다.

"기록을 찾게 되면 연락드리겠습니다, 교수님."

직원이 말했다. 통화를 끝낼 시간이 되었다.

"고맙습니다, 양 선생님."

준모는 통화를 끝냈다.

그가 자신이 아는 양태민일 리는 없을 것이다. 혹시나 그라면 통화하는 동안 어떤 반응이든 보였을 테니까. 긴 하루가 끝난 것 같았다. 비로소 성가신 일에서 놓여나 일상으로 돌아온 듯 홀가분했다.

학교에서 준모의 집까지는 걸어서 이십 분 남짓 되었다. 준모는 이 도시에서 고등학교를 다녔고, 삼십 년 만에 돌아왔다. 십대 시절 삼 년을 보낸 도시라지만 그는 이 도시에 대해 아는 게 별로 없었다. 그저 삼 년이 하루 같은 입시학원에 들었다가 나온 것이나 다름없었다. 이렇게 말하는 게 슬프지만 사실이었다. 그는 이 도시에 음식 문화가 발달했고, 유서 깊은 곳이 많다는 걸 이번에 와서 알았다.

준모는 개학 전에 학교 게스트하우스를 임시 거처로 빌려놓고 정착 준비를 했다. 연구실을 꾸미고 강의계획서를 짜고 수업 준비와 각종 교육과 인사로 바쁘게 보냈다. 방을 구하는 일도 그중 하나였다. 이 도시 역시 다른 곳들처럼 부동산 가격이 폭등해서 아파트 입주는 불가능했고, 오피스텔은 멀리 공단 인근의 상업지구에나 가야 매물이 있었다. 불가피하게 학교 인근의 원룸을 구해야 할 것 같았다. 임시로 원룸에 머물면서 오래 묵을 숙소를 천천히 찾아볼 계획이었다.

학생 수가 줄고 전염병 사태까지 겹쳐서 대학가에는 빈방이 많았다. 오히려 그래서 방을 구하는 기준이 더 깐깐해졌다. 그는 이런저런 이유로 방들이 마음에 들지 않았다. 좁고 습하고 낡고 시끄러웠다. 창문이 작거나 북향이었고, 풍경이 삭막했다. 복도에 중국집 배달 음식 그릇이 놓여 있기도 했고 계단의 전등이 깜박거리기도 했다. 무엇보다도 학생들이 득실득실한 게 싫었다. 며칠 발품을 팔고 나자 그는 마음 깊은 데서 자신이 원룸을 원하지 않는다는 사실을 깨달았다. 생각보다 일이 난감해져서 그는 당황했다. 무리가 되겠지만 대출을 받아서 아파트나 근교의 전원주택을 세내볼까 고민이 깊어졌다.

그 와중에도 그는 인근 원도심에 있는 모교 쪽으로 산책을 다녔다. 삼십 년 동안 구석구석 어떻게 변했을지 궁금해서 매일 아침이면 목도리를 두르고 낯익은 골목길을 걷고는 했다. 시립의료원을 끼고 오르는 길에는 미국 남장로교 선교사들이 남긴 고건축물이 많았다. 학생 시절 그는 이국풍의 건축물이 고즈넉해서 좋으면서도 어떤 이물감에 시달렸다. 저 아래 중심가의 백화점이나 영화관들보다 그를 주눅 들게 한 건 선교사들이 남긴 유적들이었다. 그가 다닌 학교는 미션스쿨이었는데 학교에서 매주 진행되는 예배와 성경 공부가 주는 긴장 탓인가 싶었다. 미션스쿨의 신앙생활을 경험과 정서의 세계로 덤덤하게 받아들였으면 좋으련만 당시 그는 지나치게 신념의 문제로 받아들이고는 했다. 기독교 세계에 대한 반발심은 아니었다. 외려 그는 그 나이에 싹트는 삶과 세계에 대한 질문으로 목말랐다. 자연스럽게 교목 선생과 목사들과 성경의 문장들에 고개가 기울어졌는데도 그 교실에서는 서투른 질문이 허락되지 않았다. 너무 진지한 게 흠이었다. 목사 신분의 교목 선생이 성경 과목 시간에 예수 재림과 휴거에 대해 수업을 한 적이 있었다. 학생 하나가 "휴거가 이루어지는 동안 부처나 알라는 무얼 하고 계시나요?"라는 질문을 던졌다. 학생들이 웃었다. 교목 선생한테는 그게 모독으로 들렸던 모양이었다. 그는 얼굴이 벌게져서 질문한 학생을 세운 후 뺨을 서너 차례나 때리고 교실을 나가버렸다. 불경한 태도와 신성모독은 학교에서 용납되지 않았다. 준모는 어떤 질문이 생기면 그게 경건한지 아닌지 따지게 되었고 끝내 입을 다물었다. 그래서 그 말씀들과 찬송과 건물들과 그 건물들의 공기가 알 수 없고 도달할 수 없는 세계처럼 남고는 했다.

대학에서 고등학교로 이어지는 주택지 뒤로 산복도로처럼 새로 길이 나 있었다. 예전에 그곳은 달동네 같은 곳이었다. 누옥들이 미로 같은 골목에 얽혀 있었다. 그는 1학년 때 기숙사에서 나온 뒤 그 골목들을 서너군데 옮겨 다니며 자취했다. 시장 상인들이 모여 살던, 마당에 쌓아놓은 생선 궤짝에서 비린내가 진동하던 집은 도로로 편입되고 없었다. 술주정뱅이 주인 사내가 쌀자루를 훔쳐다가 술을 마셔버린 비탈길 끝 집은 헐려서 누군가의 텃밭이 되어 있었다. 3학년 한 해를 보낸 집만이 그대로 남아 있었다. 주인 남자가 시청 공무원이던 집이었다. 자신이 쓰던 행랑채의 작은 창문이 눈속임을 해놓은 것처럼 남아서 그는 창틀 아래 오래 서 있었다. 노크를 하면 창문이 열리고 열아홉 살의 자신이 내다볼 것 같았다. 그는 기쁘기보다 쓸쓸했다. 대문 틈으로 황량한 정원이 보였다. 겨울 정원은 방치된 듯도 하고 사람 손길이 닿고 있는 것처럼 보이기도 했다. 그는 초인종에다가 손을 댔다가 뗐다.

"그 집에 사람 없는데……"

등 뒤에 할머니 한 분이 서 있었다.

"집 보러 다니우?"

하고 할머니가 물었다.

"아뇨. 여기서 자취를 하면서 고등학교를 다녔거든요."

"이 집서 자취했다면 아주 옛날이구먼. 그래도 참 용하네. 옛날 살던 집을 다 찾아보고."

"여기 대학교로 왔거든요."

"잉, 할멈 있었으면 아주 반겼겠네. 할멈 혼자 살다가 겨울난다고 서울 딸네로 갔어. 인저 올 때도 됐겄네. 담에 다시 와봅세."

준모는 할머니와 헤어진 후 저 집에 다시 들어가 살면 어떨까 하는 생각이 들었다.

모교로 오르는 길은 아름드리 팽나무들이 늘어서서 그늘이 깊고 고즈넉했다. 준모는 이곳을 떠올릴 때면 늘 이 팽나무길부터 그려졌다. 그 길에 예전에 없던 낯선 표지판이 서 있었다. 여순사건 학살지. 스물다섯 명의 주민이 토벌대에 희생된 현장이라고 했다. 미국 선교사들이 인부를 사서 희생자들을 인근에 매장했지만 근래 진행된 유해 발굴 작업에서는 찾지 못했다. 한층 그늘이 깊어지고 조용한 길을 준모는 낯설게 두리번거렸다. 표지판은 왠지 준모 자신의 시간이 이 도시에서는 아무것도 아니라고 밀어내는 척력처럼 여겨졌다.

방역 조치로 교문은 닫혀 있었다. 준모는 펜스 앞에 서서 학교를 바라보았다. 운동장에는 인조잔디가 깔리고 예배를 보던 대강당은 사라지고 그 자리에 신축한 강당이 들어서 있었다. 그가 입학해 석 달을 머물렀던 기숙사는 교사에 가려 보이지 않았다. 그는 어떤 혀가 "같이 갈 거지?" 하고 속삭이는 환청을 들었다. "난 마음먹었어. 같이 갈 거지?" 밤이면 기숙사 침상에서 옆에 누운 양태민이 속삭였다. 기숙사에서는 전남 동부지역에서 선발해온 서른여덟 명의 장학생들이 함께 생활했다. 이 도시는 고교 평준화가 되지 않아 사립학교들은 장학반을 편성해 입시 실적에 열을 올리고 있었다. 기숙사 생활은 엄격하고 힘들었다. 자정까지 사감 교사의 감독을 받으며 학습실에서 자율학습을 했고, 자정이 넘으면 일제히 소등하고 예전 군부대 침상 같은 침실에서 학생들이 나란히 누워 잠들었다.

준모는 낯선 환경에다가 처음으로 집을 떠나 생활했으므로 향수병에 시달리고 있었다. 양태민은 괴목이라는 곳에서 온 아이였다. 하얀 얼굴에 두꺼운 안경을 끼고 있었다. 어떤 계기도 없이 준모는 금세 양태민과 친해져 단짝이 되었다. 뒷날 생각해보면 학교생활에 적응하지 못한 겁먹은 아이들인 걸 서로 눈치챈 게 아닐까 싶었다. 양태민은 제 홀어머니 얘기를 자주 했다. 어머니가 괴목 시장에서 식당을 하며 자신을 뒷바라지하고 있는데 시력을 상실해가고 있다고 했다. 그래서 자신이 지금 기숙사에 머물러서는 안 된다고 자책했다. 준모는 양태민을 가슴 깊이 동정하고 위로했다. 한동안 양태민에게 아버지가 없는 줄 알았다. 어느 날부터 양태민이 아버지 얘기를 내놓았다. 아버지가 어머니를 버리고 다른 여자와 살림을 차렸다고 했다. 남해의 모처 항구에서 횟집을 하고 사는데 그 부둣가 세번째 집을 몰래 찾아가본 적도 있다고 했다. 마치 잊지 않으려고 되뇌는 사람처럼 세번째 집이라고 여러번 표현해서 준모는 오랜 세월이 흘러서도 그것이 잊히지 않았다. 양태민은 아버지가 두 아이를 낳고 살고 있다며 주먹을 쥐었다. 양태민의 이야기를 들으면서 준모는 제 아버지를 떠올렸다. 오늘도 아버지는 어머니를 때리고 있을까? 어머니는 오늘 밤에도 이웃집 나무청에서 잠든 게 아닐까? 준모는 차라리 아버지가 죽어버리거나 양태민의 아버지처럼 집을 나가버렸으면 더 낫겠다고 생각했다.

양태민은 제 어머니 이야기로 돌아올 때마다 눈이 벌겋게 젖고는 했다. 자기 집에서는 안방에 관을 하나 모셔두고 산다고 했다. 할아버지가 큰아들을 잃었는데 그 시신을 못 찾아 평생 관 하나를 마련해놓고 살았다. 할아버지가 죽고 나서 아버지는 관을 버리지 못했다. 온통 관 자체였던 할아버지의 인생을 저버리지 못한 것이다.

"유산으로 받은 거지. 근데 엄마도 그걸 못 버려. 그것만 지키고 있으면 아버지가 돌아올 줄 알지. 내가 크면 그 관부터 없앨 거야."

준모는 그 이야기가 무서웠다. 관이 놓여 있는 방이라니! 관 옆에서 밥을 먹고 잠을 자는 모습이 떠올라 기괴했다.

"태어나서부터 보고 자라서 아무렇지 않아. 그냥 가구 같아."

그러더니 양태민이 눈을 부릅떴다.

"죽여버릴 거야."

준모는 움찔했다.

"항구에 가면 세번째 집이거든."

그 얘기를 뱉은 후로 양태민은 그 이야기를 무시로 했다. 준모는 밤마다 잠자리에 누워 양태민의 계획을 들었다. 준모는 양태민에게 그러지 말라고 말하지 못했다. 그 역시 아버지라는 존재를 제거할 수 있다는 가능성에 몸이 떨리곤 했다. 그러고 나면 뭔가를 견딜 수 있는 힘이 생기는 듯한 심리상태에 놓이고는 했다.

"난 마음먹었어. 같이 갈 거지?"

그러면서 양태민은 어느 날 밤 이불 속에서 준모의 손을 더듬어 끌었다. 그의 운동복 바지 주머니가 불룩했다. 준모는 그게 둘둘 말아서 싼 칼이라는 걸 알고 흠칫했다. 반듯하게 누운 준모는 몸이 굳은 채 "그래" 하고 속삭였다.

그 주말에 준모는 양태민을 따라 기차를 타고 그의 어머니가 사는 괴목으로 갔다. 지리산으로 가는 길목의 산간마을이었다. 양태민의 어머니는 작은 국밥집을 하고 있었다. 몹시 뚱뚱하고 목소리가 걸걸한 아주머니였다. 그녀는 아들과 아들 친구를 반갑게 맞아주었다. 준모가 인사했을 때는 얼굴을 가까이 들이댔다. 눈이 멀고 있다는 걸 알고 있었으므로 준모는 가만히 있었다.

"니가 그 친군갑네? 우리 태민이랑 잘 지낸당게 항시 고맙다."

아주머니가 돼지국밥을 말아주었다. 주방이며 홀로 다니는 아주머니의 거동에서는 눈이 먼 낌새를 느낄 수 없었다. 양태민이 제 어머니에게 기숙사를 나와서 자취를 하겠다고 말했다.

"왜, 밥도 나오고 기숙사가 편할 텐디."

"잠을 통 못 자서 힘들어. 공부하는 분위기도 안 좋고."

아주머니는 아들 말에 고개만 끄덕였다.

"걱정 마. 우리 둘이 지낼 테니까."

양태민이 준모의 눈을 피한 채 말했다. 미리 의향을 비쳤던 말이지만 준모는 아직 대답을 하지 않고 있었으므로 당혹스러웠다.

"친구랑 같이한다고?"

아주머니가 준모를 바라보며 물었다. 준모는 마지못해 고개를 끄덕였다.

"그럼사 든든하제만 학기 중에 방 구하기가 어디 쉬울랑가 몰겠다."

"봐놓은 데가 있어. 낼 당장 하는 건 아니고, 준모도 집에 가서 승낙을 받아야 해."

양태민은 그럴 거지? 하는 표정으로 준모를 건너다보았다. 준모는 설핏 웃고 말았다.

식사가 끝나고 준모는 양태민을 따라 주방 뒷문을 통과해 안채로 갔다. 관이 놓여 있다는 기괴한 방이 몹시 궁금했다. 이불과 서랍장과 텔레비전이 놓인 작고 평범한 방이었다. 관은 눈에 띄지 않았다. 준모가 관을 찾고 있다는 걸 알고 양태민이 윗목 구석지기를 가리켰다. 거기에는 접은 병풍을 푸른 천으로 싸서 세워놓은 것 같은 사각의 물건이 곧게 서 있었다. 양태민이 천 한 귀를 들춰서 보여주었다. 민무늬의 송판이 보였고 준모는 시시했다.

준모와 양태민은 한 달쯤 시달린 끝에 기숙사에서 나왔다. 사감 선생과 지루한 상담이 이어졌다. 그들은 함께 움직이는 걸 들키지 않으려고 따로 행동했다. 사감 선생은 괴롭힘을 당하는지 궁금해했고, 종교 문제인지 추궁을 했으며, 마지막에는 기숙사를 나가면 성적 유지가 힘들어 장학생에서 탈락할 수 있다고 겁박했다. 새벽에 제공되는 영수 과목 특강도 받을 수 없게 되었다. 승낙을 해줄 때는 기숙사로 다시 돌아올 수 없으며 다른 친구들이 동요하지 않도록 학교에서 퇴실 조치를 내린 것으로 처리하겠다고 했다. 그걸 각서로 쓰고 부모 동의서도 받아 제출했다. 준모는 부모에게 양태민이 제 어머니에게 했던 말을 그대로 옮겼다. 양태민이 한 주 먼저 나가고 준모도 곧 기숙사를 나왔다.

양태민은 생선 비린내가 진동하는 집에 방을 구해놓고 기다리고 있었다. 준모는 뭔가에 끌려오다시피 여기까지 온 상황이 몹시 혼란스러웠다. 양태민과의 우정밖에 보이지 않았고 그를 지켜주고 싶었다. 무서운 일이 계획되어 있었지만 준모는 양태민을 구할 수 있을 것 같았다. 자취방으로 옮긴 뒤 양태민은 손수건에 싼 과도를 제 책상에 버젓이 올려두고 지냈다. 그가 오늘이 디데이야, 하고 말할까 봐 준모는 조마조마했다.

그러나 양태민은 쉽사리 움직이지 않았다. 제 아버지를 죽이겠다는 말도 쏙 들어갔다. 그러는 사이 자취 생활이 주는 피로감이 두 사람 사이를 서먹서먹하게 했다. 야간자율학습에서 빠져가며 양태민은 뭔가를 끼적거리기 시작했고 소설을 쓴다고 했다. 그에게 그런 재주가 있는지 몰랐다. 밤늦게 돌아오면 설거짓거리가 그대로 남아 있고는 했다. 자정이 넘어 잠을 잤으면 싶은데 양태민이 불을 켜놓아 준모는 잠을 설쳤다. 바퀴벌레가 출몰했고, 어느 날 지은 밥이 퍼렇게 물들어 있었다. 바퀴벌레가 쌀자루에다가 똥을 눈 것이었다. 양태민은 자신은 더 이상 밥을 먹을 수 없겠다고 말했다. 그럼 어떻게 할 거냐고 준모는 물었다.

"학교 구내식당에서 사 먹을 거야."

기숙사생들을 위해 학교에서는 구내식당을 운영하고 있었

고, 기숙사생이 아니어도 월 식권을 사면 이용할 수 있었다. 준모는 그럴 형편이 되지 못했다. 그냥 해보는 소린 줄 알았는데 양태민은 실제로 그렇게 했다. 방에 신문지를 깔아 쌀을 쏟아놓고 준모는 배신감이 들었다. 자신이 왜 이 고생을 하는데 그는 그따위로 행동하는지 화가 났다.

양태민이 교목 선생에게 뺨을 맞은 날 밤, 둘은 크게 다투었다. 양태민이 휴거가 일어나는 날 부처와 알라는 무엇을 하느냐는 질문을 던질 때 준모는 숨이 멎을 것 같았다. 드디어 그날이 임박했다고 그는 느꼈다. 양태민이 죄의식에 떨며 구원의 가능성까지 타진해보고 있는 게 틀림없다고 생각했다.

그날 밤 준모는 야간자율학습 시간이 끝나고도 교실에 더 남아 있었다. 양태민이 칼을 챙겨서 기다리고 있을 것 같았다. 어떻게 해야 할지 초조했다. 너무 심한 고문 같았다. 제발 자신을 두고 양태민이 혼자 떠났기를 바라기도 했다.

기진맥진해서 돌아왔을 때 방에는 불이 꺼져 있었다. 방으로 들어온 준모는 전등을 켰다. 양태민이 눈살을 찌푸리며 돌아누웠다.

"불 꺼."

책상에는 칼이 그대로 놓여 있었다. 이상스럽게 준모는 안도감보다 실망감이 들었다. 준모가 불을 끄지 않자 양태민이 씨, 하며 일어나 불을 껐다. 준모는 어둠 속에 가만히 서 있다가 다시 불을 켰다.

"불 끄라고!"

양태민이 드러누운 채 노려보았다.

"새끼가 입만 살아가지고."

준모는 쏘아붙였다.

"뭐?"

양태민이 자리에서 벌떡 일어났다.

"너 나한테 뭐라고 했어?"

"니는 내가 쉽지?"

"뭐 하자는 거야, 이 새끼가."

"나는 너한테 한번도 불 끄라고 요구한 적 없어. 근데 너는
뭐야? 내가 그렇게 쉽냐고, 새끼야."

"내가 너한테 뭘 어쨌는데?"

"뭘 어쨌냐고?"

준모는 으드득 이를 갈며 양태민의 책상에서 손수건에 싸
인 칼을 잡았다. 손수건이 또르르 풀리며 칼이 방바닥으로 떨
어졌다. 양태민이 흠칫 놀라며 벽에다가 등을 대고 물러났다.
그는 준모를 노려보며 말했다.

"도대체 왜 그러는데?"

준모는 윗옷을 걷어붙이고 배를 내밀었다.

"해봐, 새끼야. 용기 있으면 찔러봐."

양태민이 손을 저었다.

"이러지 마, 준모야."

"왜? 못하겠어? 넌 애초부터 그럴 마음이 없었어. 하나도
아프지 않았고 그냥 입만 나불거리는 놈이었어. 날 가지고 놀

고 싶었던 거야? 그치?"

준모는 칼을 집어 들었다.

"죽이는 건 이렇게 해야 하는 거야."

그러고는 자신의 배에 칼끝을 댔다.

"미친 새끼야!"

양태민이 준모의 칼 든 손을 잡았다.

"이리 내."

그는 준모에게서 칼을 빼앗았다. 준모는 몸을 떨며 주저앉았다. 양태민이 울부짖었다.

"미친 새끼. 왜 나한테 그래?"

그는 울면서 방 밖으로 뛰쳐나갔다.

이튿날 양태민은 학교에 나타나지 않았다. 학교에서 돌아왔더니 양태민이 짐을 다 빼가고 방에는 준모의 짐만 남아 있었다. 양태민은 장기 결석 끝에 자퇴하고 학교를 떠났다.

준모는 이 도시에 아직 끝내지 못한 자신의 시간이 남아 있는 걸 깨달았다. 그는 기억으로 구부러진 골목을 매일같이 걸었다. 말 잃은 우울한 아이를 앞세우고 걸었다. 아직 그는 집을 구하지 못하고 있었다. 모처럼 차가운 봄비가 내렸다가 그친 오후였다. 볕을 쐬며 걷자니 안타까운 마음이 일었다. 어느 날에는 이렇게 산책을 나섰다가 무사히 집으로 돌아오는 게 소원이 되겠지, 하는 마음이 들었다. 바람결처럼 인 감상은 양태민으로 이어졌다. 살아오면서 그는 불현듯 괴목이나 부둣가를 가볼까 싶을 때가 있었다. 고등학교 시절에는 양태민에게 상처를 받았다고 생각했지만 차차 그 나이의 양태민이나 자신이 진심이었다는 생각이 들고는 했다. 그러니까 괴목에서든 부둣가에서든 양태민이 잘 살고 있다는 소식을 들었으면 싶었다. 준모는 그날 밤 양태민에게 벌인 행동이 부끄러웠다. 어떤 감상적인 마음은 단단한 마음으로 자라 삶이 되기도 하므로 준모는 언젠가 양태민을 만날 수 있으리라는 생각이 들었다. 그도 자신을 찾고 있을지 몰랐다.

홍매화가 흐드러진 탐매(探梅)마을을 지나면서 그는 어느 집 대문에 내놓은 돌절구에 매화 꽃잎들이 뜬 걸 보았다. 그는 돌절구 속을 오래 들여다보았다. 꽃잎 뒤로 제 얼굴이 떠 있었다. 이윽고 고개를 들었을 때 그 집 대문에 이층을 세놓는다는 방이 붙어 있었다.

준모는 세탁소에서 마침 주인집 허 노인을 만났다. 허 노인은 세탁소 노인과 얘기를 나누고 있다가 흠칫 놀라는 표정으로 준모를 맞았다.

"아따, 퇴근하나베? 여봐, 이분이 우리 집 이층에서 지내는 김 교수여."

그는 호들갑스럽게 세탁소 노인 부부에게 준모를 소개했다. 미싱 앞에 앉아 있던 할머니가 돌아보며 "하이고, 누가 모른다고 새삼스럽게" 하고 허 노인을 힐끔 훔쳐냈다. 허 노인은 준모에게 고개를 살래살래 저어서 다른 말 말고 어서 나가자는 신호를 보냈다. 준모는 영문을 몰라 아무 말 않고 외투부터 찾았다.

"인저 나 가네이."

하고 허 노인은 허겁지겁 준모를 몰듯이 따라나섰다.

골목 모퉁이를 돌았을 때 허노인이 세탁소를 돌아보고는
준모에게 말했다.

"저 집 일이여."

"네?"

"세탁소 영감 아부지라니께, 이철호라는 양반이."

그제야 무슨 얘기인지 알아듣고 준모는 학교 일을 전했다.

"찾아보겠답니다. 서류들을 일일이 대조해야 한다니까 며
칠 걸릴 것 같아요. 기다려보죠."

"그려. 기다려야지. 수고했소."

"근데 아버지 성함을 어떻게 모르실 수 있죠?"

준모는 궁금한 걸 물었다.

"아따, 이야기가 복잡해이. 정확히 말하면 저 영감 생부를
찾는 거여. 세탁소 영감 어무이가 영감 뱄을 때 그 일을 당했
어. 인저 어무이는 일찌거니 개가를 해서 살았고. 저 영감탱
이도 새아부지 성을 받아서 암것도 모르고 살았제. 어무이가
다 죽어감시롬 이야기해줬다는 거여. 속 시원히 못 들어놔서
인저 찾을라니께 뭐가 되남. 할멈은 인저사 뭘 찾냐고, 자식
들 앞길 개리지 말고 가만있으라고 난리고."

"자식들한테 무슨 해가 된다고 그래요. 나라에서 법까지
만들었는데."

"긍게. 옛날 사람들이라 그랴. 답답하제. 암튼 저 영감은 명예회복이고 뭐고 바라지도 않어. 아부지 함자나 알아둘라는 거제. 그거이 그렇게 에러운 세상도 있다는 게 참 거시기해이."

대문 앞에 다다랐다. 노인이 준모를 돌아보며 말했다.

"김 교수, 여기서 고등핵교를 나왔드만?"

"네? 그걸 어떻게 아셨데요?"

"아까 세탁소 할멈이 글든마. 미싱 앞에 꿍하고 앉았어도 거기가 백통이여. 여기서는 아무도 조용히 못 살어."

준모는 갸웃했다. 언제 그런 이야기를 나누었는지 모른다. 이 동네에 자신을 아는 누군가가 살고 있다는 생각이 들자 무서운 듯 기분이 묘했다.

"아저씨."

하고 준모는 노인을 붙들었다.

"저기 팽나무 쪽에서 있었던 일이요. 근데 유해가 한 구도 발굴되지 않았더라고요. 그렇게 많은 사람들이 목격하고 매장지도 특정이 됐는데도 무슨 일일까요? 너무 오래돼서 유실된 걸까요?"

노인이 고개를 돌려 골목을 훑고는 비밀스럽게 말했다.

"당시에 가족들이 남몰래 수습하지 않았겄어? 안 그랬을라고?"

나는 망연해져서 고개 들어 하늘을 보았다. 그랬을 것이다.

"꽃이 지네이."

하고 노인이 담벼락에 붙은 홍매화를 올려다보며 대문을
열어주었다.

·

조경란

검은 개 흰 말

1996년 동아일보 신춘문예에 단편소설 「불란서 안경원」이 당선되며 작품 활동 시작. 소설집 『불란서 안경원』 『나의 자줏빛 소파』 『코끼리를 찾아서』 『국자 이야기』 『풍선을 샀어』 『일요일의 철학』 『언젠가 떠내려가는 집에서』 『가정 사정』, 장편소설 『식빵 굽는 시간』 『가족의 기원』 『혀』 『복어』, 중편소설 『움직임』, 짧은 소설집 『후후후의 숲』, 산문집 『조경란의 악어 이야기』 『백화점—그리고 사물, 세계, 사람』 『소설가의 사물』 등이 있음. 문학동네작가상, 현대문학상, 오늘의젊은예술가상, 동인문학상 등을 수상.

나는 그날 한눈을 팔면서도 선배들이 하는 말에 귀 기울이고 있었다. 저녁 시간에 여러 명이 술집에 모여 앉은 게 너무나 오랜만이어서 다른 사람을 구경하면서도 한 귀로는 다음 생엔 뭘 하는 사람으로 태어나고 싶은지에 대해 주고받는 대화를 들었다. 머리가 다들 희끗희끗해지고 십 년 후면 정년을 앞둔 선배도 있는데 아직도 그런 이야기를 나눈다는 게 치기스럽기도 했지만 어떤 사람이 아니라 뭘 하는 사람으로 태어나고 싶은가, 하는 질문에는 흥미를 느꼈다. 그런 상상은 한 번도 해본 적이 없었다. 선배들은 여행하는 사람, 농사짓는 사람이라고 말했고 가장 나이 많은 선배가 노는 사람이 좋겠다고 하자 다들 떠들썩하게 잔을 부딪쳤다. 내가 옆 테이블의 마주 보고 앉아 두 손을 맞잡은 채 울고 있는 커플을 곁눈질하는 사이에 송선배가 내 어깨를 툭 치곤 서 선생은 다음 생엔 공부 같은 거 하지 말고 집사나 하지 그래, 라고 무심히 말했다. 무슨 집사? 요즘은 집사도 종류가 많잖아. 선배들은 궁금해했지만 나는 대답하지 않았고 다행히 송 선배도 더는 덧붙이지 않았다. 그때는 내가 강사 자리에서도 밀려난 걸 모두 알고 있어서였는지도 모른다.

송 선배는 지난겨울에 내가 삼 주간 지내던 동숭동의 빌라에 와본 적이 있었다.

입을 다문 채 나는 김이 빠진 맥주잔 손잡이를 잡고 이리저리 돌리는 송 선배를 봤다. 공부 같은 거 하지 말고 집사나 하지 그러냐는 말은 나에게 몇 가지 상처를 남겼다. 내가 그들이 견고하게 속한 학계에서 살아남긴 불가능하다는 확언처럼 들린데다 송 선배에게 그동안 내 개인적인 이야기를 지나치게 많이 했다고 느끼게 했으니까. 가끔 동네 근처에서 만나는 송 선배도 여러 사람과 함께 모인 건 그날이 코로나 이후 처음이었다. 그 자리는 한 선배가 부모랑 오래 사는 사람이라고 대답한 후 더는 분위기가 회복되지 않아 흐지부지 파했다. 그러느라 송 선배에게 정작 묻고 싶었던 질문을 꺼내지 못했다. 그리고 지난봄의 그 만남이 송 선배와도 지금까지는 마지막이다.

우선은 집 이야기를 먼저 해야 할 것 같다. 그렇다. 집은 내가 잘 아는 세계였다.

처음부터 그랬던 것은 아니고 정확하게는 2019년 여름 강사법 개정 이후부터였다. 나는 자연스러운 수순처럼 일자리를 잃게 되었고 박사논문은 포기한 지 오래였으며 이미 마흔 여섯 살이었다. 다시 학교로 돌아갈 수 있다고 믿어보려 해도 아무도 그 일에 대해 말해주려는 사람이 없어서 그것은 더 결정된, 불가능한 미래같이 느껴졌다. 어쩌면 나는 가르치는 일을 좋아하지도 않았고 편하게 느낀 적도 없을지 모른다. 매번 강의실 앞문을 열고 들어갈 때마다 숨이 막힐 것만 같았다. 어째서인가 학생들은 가끔 대형 강의실의 전원 스위치를 네개 중 두 개만 켜둘 때가 있었다. 강단이 있는 쪽만 켜두었을 때는 머리 위로 당신은 부족하다, 라는 조명이 내리비치는 듯했고 학생들은 팔짱을 낀 채 전등을 켜지 않아 어둑한 자리에 앉아 빤히 내 머리 위를 쳐다보았다. 이런 생각은 강의를 나가던 때는 하지 못했고 막상 자리를 잃게 되자 돌연히 찾아왔다. 류 원장의 말대로 나 스스로 심리적 충격을 방어하려는 기재가 내면에서 작동하고 있는지도 몰랐다. 하고 싶고 되고 싶은 일에서 밀려난 게 아니라 내키지 않은 일에서 멀어진 거라고, 그것뿐이라고. 한동네에서 자란 청소년 시절부터 대체로 나는 그의 말을 경청하는 편이었다. 어떤 면으로 그는 사려 깊고 따뜻한 사람이니까. 자신의 죽음에 관한 궁구한 집념만 제외하면.

나에게 가평의 한 저택을 소개해준 사람은 류 원장이었고 그게 내가 집이라는 세계를 잘 알게 된 계기였다. 정확하게는 남의 집이라고 해야 할 것이다.

류 원장 치과 단골손님인데다 아내 쪽의 먼 친척인 퇴임 교수와 조각가 부부인데 두 달 동안 집을 봐줄 교양 있고 점잖은 사람을 찾는 중이라고 했다. 한번 여름에 집을 오래 비웠다가 정원과 그곳에 설치해둔 조각들이 크게 훼손당한 적이 있다고 했다. 부부는 루마니아 주재원으로 가 있는 딸 집에서 여름을 보내고 올 예정이었다. 류 원장은 '교양 있고 점잖은 사람'에 강조를 했다. 빈집을 관리하는 일과 그 수식어와의 연관성에 대해 생각하는 동안 류 원장은 나를 설득하는 어투로 말했다. 조용히 혼자 지내는 거 좋아하잖아, 거기 가서 마음도 좀 정리하고. 얼핏 나는 류 원장의 표정에서 그가 식탁과 책상을 겸용으로 사용해야 하고 전공서들과 먼지가 얇게 쌓인 논문 뭉치들로 더 비좁은 나의 열 평짜리 원룸을 떠올리고 있다는 걸 눈치챘다. 누구의 눈에도 성공했다고 말하긴 어려운. 처음 원룸에 와본 날 류 원장은 그 비슷한 말은 하지 않았고 나는 그 점을 오래 기억했다. 책도 많아. 산책길도 좋고. 보수도 나쁘지 않을 거야. 류 원장도 한 번 가본 집 같았다.

그해 8월과 9월 두 달 동안 나는 가평의 그 집에서 보냈다. 두 달은 긴 시간이었고 어릴 적의 수해 피해의 경험들 이후로 여름은 내가 일 년 중 가장 긴장하는 시기이기도 했다. 9월 첫째 주의 태풍 링링이 왔을 때를 제외하곤—강수량이 적은 편이어서 태풍 피해가 크지 않았다—자연적인 재해를 크게 걱정하지 않아도 되었다. 나는 누가 지켜보고 있기라도 하듯 칠십 평쯤 되는 실내와 정원의 조각들을 거의 매일 쓸고 닦고, 교수 부부의 SUV를 타고 농협에 가서 정기적으로 장을 봐와 음식을 해 먹었다. 그들의 요구는 까다롭기보다 현실적이었다. 보일러, 에어컨, 온습도 조절 장치, 스프링클러, 가스레인지를 매번 점검하고 사용할 것, 사람이 매일 지내는 것처럼 살아줄 것. 지금 생각해보면 현실적이라기보다는 추상적인 요구에 가깝게 느껴지기도 한다. 매일 그 집에 사람이 사는 것처럼 살아달라는 요구는.

장을 보거나 산책하러 들어오고 나갈 때 나는 가끔 집의 외관을 사진 찍어서 교수 부부에게 전송해주곤 했다. 은은한 오렌지색 불이 들어온 저녁의 실내가 비치는 창문들, 소나기가 그친 후 둥글게 무지개가 뜬 집의 사진, 혹은 동이 틀 때의 외곽선이 분명하게 드러난 집의 사진을. 안에 있을 때는 몰라도 밖에서 찍은 사진을 보면 그 집은 여기가 아니라 어디 먼 데 속한 장소로 보이기도 했다. 그런 느낌은 집주인에게도 엇비슷한 듯했다. 어디 관광지 같아요, 우리 집이 아닌 것 같아요. 그들은 웃음 표시와 함께 그런 답장을 보내왔다. 가끔은 문을 열고 나가서 등을 돌리고 선 채 내가 사는 곳을 확인할 필요가 있어 보였다.

때로는 누가 지켜보고 있으니 몸을 움직여야 한다는 강박이 도움이 되기도 한다는 걸 나는 그 기간의 경험으로 깨달았다. 나 자신을 해치는 종류의 일은 그 집에서는 할 수가 없었고 집을 돌보는 책임을 완수해야 하듯 규칙적으로 몸을 움직이면서 나를 돌보기도 했다. 머리를 쓰거나 두려움을 느끼거나 낙담을 하지 않아도 되는 일이 있고 그걸 해낼 수 있다는 사실에 어쩌면 작은 보람 비슷한 감정을 느꼈을 수도 있다. 그렇다고 느낀 날은 지금까지 내가 걸어온 모든 길이 사막 같았다는 걸 인정해야만 할 것 같기도 했지만 말이다. 소극적인 저항을 하듯 나는 차츰 익숙해지는 집에서 잠을 잘 자려고 애썼고 체중도 불었다. 날마다 그랬던 건 아니었지만 아직 그 이야기를 하기엔 이르다. 어쨌든 집주인들이 돌아오기 일주일 전에 오이지 반 접을 담아 냉장실에 넣어두고, 나의 모든 지문을 지우듯 집 안팎을 깨끗이 닦은 후 그곳을 떠났다. 약속한 대로 열쇠가 든 봉투를 우편함에 넣어두고.

그해 10월 초에 류 원장 치과 앞 작은 이탈리안 레스토랑에서 교수 부부와 류 원장과 점심을 같이했다. 그리고 교수 부부는 나에게 다른 집—그들의 지인—을 좀 봐줄 수 있겠느냐는 제안을 해왔다. 이번에는 내가 사는 곳에서 멀지 않은, 한 사립대학 독일어 교수의 작업실이었다. 가장 멀리는 서귀포의 집까지, 그렇게 나는 얼마 전까지만 해도 코로나 상황이 극에 달했던 지난해 하반기를 제외하곤 열 군데 정도의 타인의 집들을 돌보고 관리하는 일을 했다. 보수는 내가 학기 중에 받는 강사료를 웃돌았다. 좋은 집도 있었고 그렇지 않은 집도 있었지만, 이것은 내가 닷새 전 이수교 앞의 동생 집에 오기 전까지의 이야기에 불과하다.

지난 수요일에 나는 이 집에 왔다. 7월 한 달 동안 서귀포에 있는 한 영화배우의 별장을 돌보는 일을 하다 내 집으로 돌아온 지 얼마 안 지난 때였다. 동생은 올봄부터 나에게 어떻게 될지 모르지만, 8월 한 달만은 시간을 좀 비워두기를 원했다. 8월이 시작되자 대기가 크게 불안정해지고 태풍들이 한반도 상공으로 접근하다 소멸하기를 반복했다. 8일 월요일에는 중부지방에 기록적인 폭우가 쏟아져 곳곳에 산사태가 났고 도림천이 범람해 한밤에 이웃들이 주민센터로 대피하는 일도 생겼다. 9일에 비는 잦아들었으나 중랑천 수위는 계속 상승하고 산림청에서는 산사태 위기 경보 '경계' 단계를 발령. 코로나 신규 확진자 수까지 증가하던 때라 출발을 계속 망설여왔던 동생 부부는 그다음 날 수요일 아침에서야 큰조카만 데리고 LA로 여행을 떠났다. 제부 직장에서 십 년에 한 번씩 제공하는 부부 동반 무료 항공권이었다. 올해 안에 사용하지 않으면 무효가 되는데다가 내년에 큰애가 고등학교 2학년이 되면 가족 여행은 더는 어렵다는 판단을 한 모양이었다.

그러니까 이 넓은 주상 복합형 아파트 이십층에는 중학생인 둘째 조카와 나만 남게 된 셈이다. 아니 이 표현은 정확하지 않다. 동생 부부는 열다섯 살짜리 딸을 돌봐달라고 나를 이 집으로 부른 것이다. 오빠가 입시 준비를 마칠 때까지는 같이 해외여행을 떠나기 어렵다는 걸 이해한 실이 용기를 내서 따라나서려고는 한 모양이었다. 서건도 동생 없이 부모만 따라나서기도 처음이었고 내키지 않아 했을 텐데. 참, 내가 둘째 조카 이름을 말했던가. 김영수라는 평범한 이름을 가진

제부는 딸 이름만큼은 특별하게 짓고 싶어 했다. 실(實). 이게 오늘까지 닷새째 나와 지내고 있는 조카의 이름이다.

조카들과는 칠 년이나 함께 산 적이 있어서 둘이 지내는 건 문제가 되지 않았다. 다만 날씨가 계속 좋지 않았고 텔레비전에서는 채널을 돌릴 때마다 수해 피해와 참사 장면이 보도되었고, 그럴 때마다 그 애는 거기서 뭔가를 캐내려는 듯 화면을 뚫어지게 보았으며 여행을 결심할 때의 긴장에서 채 벗어나지 않았는지 줄곧 처져 있는 상태였다.

닷새는 무료하게, 그렇지 않게 지나갔다. 나는 소개받은 다른 집에 갈 때처럼 내가 나오는 날 쓸 세면 타월 한 개나 슬리퍼, 얇은 시트, 위스키 한 병, 있는 재료로 김밥을 말아 끼니를 해결할 때 필요한 위생장갑 등은 챙겨가지 않았지만 동생이 닫아두고 간 서랍들은 한 번도 열어보지 않으며 창들의 먼지와 욕실 샤워부스의 배수구와 거름망을 열어 돌돌 뭉친 머리카락부터 제거하고 자주 환기를 시켰다. 어떤 날은 실과 새벽까지 영화를 보고 어떤 날은 책상에 앉아 고개를 숙인 채 컬러링 북을 색칠하는 실 곁에서 창밖을 내다보며 맥주를 마시기도 했다. 커다란 창으로 현충원을 둘러싼 어두운 숲 일부와 이수 고가차도와 반포교차로 일대가 내려다보였는데 풍경을 위에서 부감해서 볼 때는 납작하게 접어버릴 수도 있을 듯 평면적이기도 해서 저 복잡한 세계는 나와 무관하다는 비현실적인 느낌까지 들었다. 엘리베이터를 타고 내려가 건물을 돌아 신호등 하나만 건너면 되는 거리에 불과할 뿐인데. 문득 고개를 돌리면 실이 그런 내 모습을 말끄러미 바라보고 있었고 나는 그 애 눈에 담긴 희미한 불안을 느끼곤 얼른 자리에서 일어나 불을 켜곤 했다.

류 원장은 요 며칠 내가 치과 근처인 동생 집에 와 있다는 사실을 알았다. 두 달 동안이나 어금니 신경치료를 하러 다녔던 제부가 여행을 떠나기 직전에 갔다 말한 모양이었다. 류 원장을 만나는 일을, 나는 언제부터인가 계속 미루고 있었다.

그리고 오늘 8월 14일 일요일이 되었다. 동생네 가족은 광복절이자 말복인 내일 오후에 집으로 돌아오고 그다음 날 화요일에 동생 부부는 출근을 하고, 서건과 실은 등교해 개학식을 맞는다. 동생네가 돌아오면 나는 내일 이 집을 떠나는 게 우리가 한 약속이었다. 간단한 일이었다. 그러나 오늘 동생네는 출발 시간을 앞두고 PCR 검사 결과가 나오지 않아서 호텔 근처에서 마음을 졸이며 기다리는 상황이었다. 만약 세 사람 중 한 사람이 확진 판명이 나면 함께 돌아올 수 없다. 서건이 혼자 확진 판정을 받는다면 부부 중 한 명도 거기 남아야 할 테니까.

실은 내 옆에서 쿠션을 가슴팍에 받치고 소파에 엎드려서 과학 문제집을 펼쳐두고 있었다. 혼합물의 분리, 좋은 볍씨 고르기, 볍씨를 소금물에 담그면 쭉정이는 뜨고 잘 여문 볍씨는 가라앉는다. 실은 문제집을 소리 내 읽으며 쭉정이 < 소금물 < 좋은 볍씨라고 연습장에 서너 번 썼다. 좋은 볍씨를 고르는 일이 언젠가 실에게 도움이 될 수 있을까. 나는 진동 소

리에 고개를 돌리곤 새로 들어온 안전 안내 문자를 확인했다. 이번 폭우로 우면산과 청계산 일부 등산로가 폐쇄되었으니 산행 및 산림 연접지 접근을 삼가라고 서초구청에서 보낸 메시지였다. 오후 다섯시가 다 돼가는 시간이었다. 어제와 달리 실종자를 찾는 안내 문자는 아직 없었다. 집을 떠나면서 동생은 집에 관해 몇 가지 주의와 당부를 했고 그건 타인에게 집을 맡기는 모든 주인의 공통점이기도 해서 나는 새겨들었다. 실을 절대로 집에 혼자 두지 말라는 당부는, 동생이 하지 않았어도 마땅히 내가 그럴 거였다. 그러나 나는 어제 아침에 실을 두고 밖에 몰래 나갔었다. 서울경찰청에서 이런 '안전 안내 문자'를 받았기 때문이었다.

서초구에서 실종된 임소례씨(여, 77세)를 찾습니다―153cm, 44kg, 분홍재킷 검정바지, 등굽음 ☎182

안전 안내 문자에는 마침표가 없다. 그리고 전화기 표시는 붉은색. 마치 안전 안내는 영원히 끝나지 않을 것처럼. 언제부터 휴대전화로 안전 안내 문자가 들어오기 시작했는지 나는 정확히 모른다. 다만 내 휴대전화의 기록을 보면 코로나19가 무섭게 확산하던 때, 내가 사는 지역에서 두번째 확진자가 발생했다고 2020년 2월 26일 수요일 오후에 구청에서 보낸 후부터였는데 다른 사람에겐 언제가 처음이었을까. 그 후 거의 매일, 하루에도 서너 번씩 문자가 오기 시작했다.

모임을 자제하고 사회적 거리두기에 적극 동참해달라는, 마스크 구매 시에는 5부제 시행이고 1인 주 2매 구매 가능하며 신분증이 필요하다는, 관내 13번째 확진자의 동선 공개는 홈페이지와 SNS를 참고하라는, 아프면 퇴근하고 마주 보지 말고 식사하고 퇴근 후 바로 귀가하라는 오늘의 직장인 행동 지침이 담긴, 모든 해외 입국 서울 거주자는 입국 당일 진단검사 후 14일간 자가격리 바란다는, "나 하나쯤이야" 하는 안일한 행동이 또 다른 감염 확산으로 이어질 수 있다는, 진료 현장에서 헌신하는 의료진을 떠올려 방심은 금물이라는, 이태원 킹클럽 방문자는 증상 유무와 관계없이 검사 바란다는, 헌혈자가 감소하여 혈액 보유액이 주의 단계에 진입하였다는, 노인층 대상 일명 떴다방 등 집합 판매 장소에 출입을 자제해 달라는, 한강 수위 상승으로 잠수교 보행자 통제한다는, 커피 매장 내 취식 금지라는, "올 추석은 고향 방문 대신 영상통화로 가족 간 정을 나누어보아요"라는, 마스크 착용이 의무화되니 "실내에선 항상 쓰GO, 집회 등 사람이 모이는 경우도 쓰GO" 실천하라는, 결빙 구간과 대설주의보 발효를 알리는, 5인 이상 사적 모임 금지라는, 백신 접종 사전 예약을 알리는, 동작구에서 1327번째 확진자가 발생했다는, 온열질환 예방을 위해 물 그늘 휴식을 취하라는 메시지와 주의들과 더 많은 안내들.*

그리고 처음 내 전화기로 이런 종류의 메시지가 온 것은 지난해 7월 23일 금요일부터였다.

경찰은 영등포구에서 배회 중인 박은남군(남, 18세)을 찾고 있습니다—160cm, 39kg, 검정반팔티, 반바지

그 후로 사람을 찾는다는 서울경찰청의 안내 안전 문자들이 들어왔고, 나는 그것을 기다리기도 그러지 않기도 했다. 그러니 지금까지 무엇 하나 삭제해버릴 수는 없었다. 사람을 찾는다는 표현들은 크게 세 가지로 나뉘었다. 실종된, 목격된, 배회 중인.

나는 종이에 이렇게 써본 적도 있다.

동작구에서 실종된 이순명 씨를 찾습니다.

서초구에서 목격된 이순명 씨를 찾습니다.

영등포구에서 배회 중인 이순명 씨를 찾습니다.

참, 안전 안내 문자에는 마침표가 없으니 모두 지워야 할 것이다. 그리고 내 이름은 이순명도 아니다. 사람을 찾는다는 메시지는 어떤 날은 하루에도 두세 번씩, 어느 때는 일주일이 넘도록 오지 않을 때도 있다. 연령대를 주의 깊게 보다 찾는 이들 모두가 치매 노인들만은 아닐 거라고 여겨버렸다. 같은 사람을 찾는다고 반복적으로 안내 문자가 들어오는 경우는 거의 없었다. 안전 안내 문자가 어느 정도 효과가 있기도 한가 보았다. 가끔은,

시민 여러분의 관심과 제보로 경찰은 실종된 박은남군을 안전하게 발견했습니다. 감사합니다.

라는 문자가 들어오기도 했다. 이때만은 마침표를 찍고.

그런데 어제 아침 임소례 씨의 경우만은 달랐다. 처음 임소

레 씨를 찾는다는 메시지가 온 건 오전 여덟시 반이었다. 등급음. 나는 그 표현을 오래 들여다보았다. 정말 오래 들여다봐서 등급움이 잘 아는 사람의 별명처럼 느껴질 정도로. 실종된 사람들의 특징은 대개 청색 점퍼, 검정 신발, 벙거지모자 같은 옷차림에 관한 게 대부분이고 짐 많음, 손수레, 반백 단발머리 등의 세부적인 특징이 적혀 있는 경우는 드물었다. 그리고 한 시간 후 등이 굽었다는 임소례 씨에 관한 그 똑같은 문장의 안내 문자가 두번째 들어왔다. 오전 아홉시 반쯤. 실이 아직 제 방에서 자고 있을 때.

문제집을 풀던 실이 샤워를 해야겠다며 자리에서 일어났다. 실은 초등학교 5학년 이후로는 밤에 샤워도 못하고 혼자 집에도 못 있는 청소년으로 커가고 있다. 그나마 혼자 학교를 오가는 게 어디냐고, 동생 부부는 안심하는 눈치였다. 방을 나가다 말고 실은 길고 가는 눈으로 나를 돌아보며 물었다.

이모는 왜 어디 갈 사람처럼 옷을 입고 있어?

……나는 가긴 어딜 가, 라는 말을 얼른 하지 못하고 우물거렸다. 실이 오빠와 제 방 옆, 욕실로 걸어 들어가면서 내가 거기 있는지 확인하려는 듯 뒤를 한번 돌아보았다.

지난봄의 모임 이후 송 선배가 확진되었다. 이따금 오후에 동네 사립대학 앞에서 만나 시민공원을 한 바퀴 돈 후 교정 벤치나 야외 카페에서 커피를 마시거나 생선 전문 식당에서 정식 같은 걸 먹고 헤어지고는 했다. 송 선배는 대학에 자리를 잡자마자 이혼을 했는데, 좋은 일이 있으면 항상 그렇지 않은 일도 있다는 말로만 그저 감정을 표현했다. 나와는 다섯 살 차이인데도 마흔 초반 이후 고수하는 백발에 가까운 머리 때문에 더 어른스럽게 느껴지기도 했다. 선배와 가깝게 지냈던 건 아마도 그녀만의 어떤 솔직함을 내가 인정했기 때문이기도 할 것이다. 얼결에 속내를 드러내기보다는 하고 싶은 말을 분명하게 그 사람 앞에서 한다는 점도. 격리 기간 끝나면 산책이나 하자, 서 선생. 격리 기간이 끝나고도 선배는 연락하지 않았다. 5월에는 군산에서, 7월에는 서귀포의 집에서 일하고 있었다. 자주 보던 사람도 한번 만나지 않게 되면 자주 봤던 시절의 시간이 보잘것없게 느껴지곤 했다. 안 보고도 살아도 됐고 안 보고 살아도 아무 일도 없다는 쓸쓸한 깨달음 때문인지. 선배와도 나는 그랬다. 지난주 월요일에 중부지방에 기록적인 폭우가 쏟아졌을 때는 달랐다. 나와 이웃한 구에 사는 선배 집 앞으로는 도림천이 있었다. 도림천이 범람했고 주민들이 인근 초등학교, 주민센터로 대피해야 했다. 나는 그 소식도 뉴스보다 빨리, 열네 개의 안전 안내 문자로 알았다. 선배에게 몇 번이나 괜찮은지, 안전한지를 묻는 메시지를 보냈다. 다세대 주택 일층에 사는 선배는 날이 밝을 때까지 집주인과 몇몇 거주자들과 양수기로 물을 퍼내는 작업을 도왔다고 했다. 그 호우로 인근 반지하 빌라가 침수돼 세 이웃이 사망했다는 뉴스를 확인하기 전까지 선배는 괜찮은 것처럼 보였다. 나만 괜찮다고 괜찮아 해도 되는 건지 잘 모르겠어, 라는 문자를 나에게 보낼 때까지는.

그 월요일 이후 지난주 내내 흐리고 비가 오락가락했지만 금요일엔 모처럼 날이 갰고 다시 토요일부터 돌풍과 벼락을 동반한 호우가 쏟아진다는 예보가 믿기지 않을 만큼 오후엔 기온도 크게 올랐다. 걸어서 실을 과학 학원에 데려다준 뒤에 세 시간 동안 나는 인근을 좀 걸어 다녔으나 동생 집에 머무는 여느 때처럼 반포천으로는 가지 못했다. 거리 곳곳의 입간판에는 무게를 지탱시키기 위해서 눌러놓은 생수통들이 아직 그대로 있고 맨홀과 구분하기 위해서인지 화살표와 함께 도시가스라고 붉은 스프레이로 휘갈겨 쓴 흔적들이 보였다. 지난 월요일 밤엔 몇 초 사이에 시간당 120밀리미터의 폭우가 퍼부었다. 인근 요양병원에서 모친을 보고 돌아가던 사십대 부부가 수압을 견디지 못하고 뚜껑이 열려 유실된 맨홀 구멍으로 휩쓸려 들어가버리고 말았다. 남편은 내가 동생네 왔던 수요일에 버스 정거장 부근에서, 그리고 몸집이 더 작고 가벼웠던 아내는 그다음 날 동작교 상류 쪽 반포천에서 숨진 채 발견되었다.

얼굴이 쭈그러드는 기분으로 얼마쯤 인도를 걷다가 나는 학원 앞 카페로 들어갔다. 실을 기다리는 동안 동생이 보낸 멜로즈 거리 핑크월에서 찍은 여행 사진들을 몇 장 받아보았다. 쨍한 핑크색 벽에서 흰색 반팔 티를 입은 서건이 훌쩍 뛰어오르는 사진, 그리고 옆에 실이 있는 양 한쪽 팔을 옆으로 뻗어 감싸고 찍은 사진들. 동생 부부와 나는 정확하게 실에게 일어났던 일에 대해 알지 못했다. 서건은 자신에게 책임이 있다고 여기는 듯했다. 실이 자신을 기다리다가 그 개를 맞닥뜨린 거라 여기고 있으니까. 조카들이 다닌 초등학교와 중학교 건물은 나란히 붙어 있고 그 사이 골목에 공사가 진행되는 동안 한동안 가림막이 쳐져 있었다. 때때로 나는 실이 본 것, 실의 불안에 대해 필요 이상 깊이 생각한다고 알아차릴 때가 있다.

동생이 올린 사진들은 많았다. 다들 너무 웃고 너무 환한 게 다행이면서도 묘하게 지금은 불편하기도 했다. 나는 휴대전화를 내려놓고 하릴없이 창밖을 내다보았다. 학원이 밀집된 지역이라 여름방학인데도 오고 가는 청소년들이 눈에 자주 띄었다. 그중에 서건이 또래로 보이는 남학생 한 명이 검정 백팩을 메고 걸어가고 있었다. 칠부 반바지에 흰 티셔츠를 입은 소년은 어디를 다녀오는 길인지 백팩 한가운데 대파 한 단을 수직으로 세워 넣어서 머리 위로 대파가 삐죽 솟아나 보였다. 연한 초록 이파리들이. 소년이 지나갈 때까지 물끄러미 바라보다가 나는 화살촉 같은 통증이 나를 스쳐가는 것을 느꼈다. 어느 날 소년은 지금처럼 무심코 거리를 걸어가다, 혹은 비 오는 날 맨홀에 빠지거나 졸업여행을 가던 길에 생을 마치게 될 수도 있다. 나는 평범한 순간에도 이런 가정을 하는 내가 싫었고 그래서 운동화를 신은 내 왼쪽 발을 오른쪽 발로 지긋이, 통증이 느껴질 때까지 밟고 있다가 송 선배에게 메시지를 보냈다. 옆얼굴이 선하게 생긴 대파 소년을 봤어요, 저 애는 어딜 다녀오는 길일까? 어째서인가 나는 초조하게 선배의 연락을 기다렸다. 불안하고 위험하고 대피해야 했던 한 주가 지나가고 있는데도 아무것도 안심이 되지 않았다. 엄마 심부름 다녀오는 길이겠지, 뭐. 선배가 그렇게 쿨하게 대꾸해주기를 기다렸다. 선배에게는 연락이 없었고 나는 수업이 끝난 실의 손을 꼭 붙잡고 잰걸음으로 집으로 돌아왔다.

그날 저녁 식탁을 치우고 나서 송 선배에게 전화를 걸었다. 선배가 전화를 받지 않아서 몇 번인가 더. 그리고 메시지도 여러 번 남겼다. 밤 열한시가 가까웠을 때 모르는 번호로 전화가 걸려왔다. 송 선배의 큰오빠라고 했다. 송 선배 모친상에서 인사를 나눈 적이 있긴 했다. 선배의 오빠는 필요한 말만 하고 싶다는 듯 조금은 화가 난 것 같은 말투로 재빨리 말했다. 선배가 오전에 추락사고를 당해서 크게 골절을 당했다고. 내가 어딜 얼마나 다쳤는지 물어볼 틈도 주지 않고 선배의 오빠는 전화를 끊었다. ……일부 등산로가 폐쇄되었고 지금은 지반이 약하다는 걸 선배도 잘 알고 있었을 텐데. 선배는 왜 그날 산에 가야 했을까. 잠을 이루지 못하다가 나는 문득 안전 안내 문자를 확인했다. 그 금요일에 들어온 안전 안내 문자는 한 건도 없었다.

송 선배의 큰오빠는 긴 재활치료를 위해서 동생을 자신이 근무하는 종합병원으로 이송하기로 했고 그날이 내일이었다. 자동차로 세 시간쯤 걸리는 거리, 246킬로미터. 그곳은 지

금 너무 멀었다. 여길 떠나기 전에 선배를 보려면 나는 오늘
은 병원에 가야 하며 그것이 내가 하고 싶은 일이었다. 그러
나 벌써 오후 다섯시가 다 되었고 나는 아침부터, 아니 사고
소식을 들었던 금요일 밤부터 나에게 묻고 있었다. 왜 서둘러
선배를 보러 가지 않는지에 대해서.

이모.

샤워하고 있을 텐데. 실이 나를 부르는 소리가 들렸다. 나는
두서너 개의 메시지가 한꺼번에 들어오는 휴대전화를 들고 실
이 사용하고 있는 욕실 쪽으로 갔다. 이 집에는 욕실이 두 개
였다. 부부가 쓰는 방 앞에, 그리고 서건과 실의 방 앞에.

실아?

욕실 문을 살짝 두드려보았다. 물소리가 나지 않았고, 실이
목이 콱 잠긴 소리로 대답했다.

이모, 내가 여기에 갇힌 것 같아.

나는 욕실 문을 얼른 밀어보았다. 덜컥거리기만 할 뿐 문은
열리지 않았다.

실아, 잠금장치를 풀어야지.

놀란 목소리를 감추느라 톤이 올라갔다.

난, 문을 안 잠그잖아.

풀기 없는 실의 목소리가 흘러나왔다. ……맞다. 그 일 이
후 실은 그렇게 되었다.

그런데 왜 문이 잠겨?

일자 손잡이를 잡고 나는 계속 위아래로 거칠게 흔들어대

154

면서, 힘을 실은 상체로 문을 힘껏 치면서 실에게 물었다.

이모, 밀치지 마. 그런 소리가 더 힘들어.

실은 겁에 질린 소리로 말했다. 나는 완력을 쓰던 걸 멈췄지만 그러고 나자 와락 겁이 났다. 실이 저 좁은 데 갇힌 게, 실이 차츰 겁에 질리기 시작할 거라는 사실에.

실아, 어떡하지?

옷은 다 입었고 머리도 드라이기로 말렸어.

그래, 그래, 잘했어.

나는 내가 아무렇게나 말하고 있다는 걸 알았다. 아이가 집 안에 있는데도 가슴이 진정되지 않았다. 욕실에는 에어컨이 없고, 환기팬을 틀어놓아도 기온이 떨어지는 데 도움이 되진 못할 거였다. 우선 내가 할 수 있는 일을 찾아야 하는데. 열쇠 수리 전문점부터 찾아야 했다. 오늘은 일요일이었다. 누구에게, 어디부터 전화를 걸어야 하는지 전화기를 붙들고 나는 허둥거리고 있었다.

초등학교 오학년 때 실은 거리에서 개 한 마리를 보았다고 했다. 목줄이 풀린, 다리가 길고 한쪽 눈 옆에 흰 반점이 있는 커다란 검은 개를. 다만 그렇게만 말했고, 그게 시작이었다. 무질서하고 비합리적인 불안들이.

동생은 나와는 달리 빨리 결혼해서 가족을 만들고 싶어 했다. 제 가족을 만들고 싶은 게 먼저인지 집을 떠나고 싶은 게 먼저인지는 몰라도 나는 동생을 이해했으나 그렇다고 서로 더 가까워지지는 않았다. 동생은 서른에 결혼하고 그해에 서건을, 다음 해에 실을 낳았다. 맞벌이인 동생은 아버지와 나밖에 없는 친정에 아이를 맡겼다. 칠 년 동안, 주말을 제외하고 조카들은 우리 집에서 컸다. 내가 학교에 나가 있는 동안엔 육아도우미가 오는 방식으로. 집을 떠난 후에 동생은 친정에 자주 오게 되었다. 서건과 달리 실은 걸음마도 말도 늦되었다. 어느 여름에 동생과 식탁에서 복숭아를 먹고 있을 때였다. 17개월짜리 실이 엉금엉금 기다시피 하며 방을 나와 식탁 다리를 붙잡더니 몸을 길게 쭉 폈다. 그러곤 한순간에 말했다. 복숭아가 참 예쁘다. 실은 정확하게 그렇게 말했다, 환하게 웃는 얼굴로. 복숭아가 참 예쁘다고. 동생이 안도의 탄성을 내지르며 그 애를 덥석 안아 올리는 짧은 순간에 나는 눈물이 솟는 것을 느꼈다. 아이답지 않게 갈라지고 허스키하기까지 한 그 애의 목소리를 처음 들었기 때문일까. 아니면 완벽한 그 한 문장 때문이었을까. 그 애가 처음 발화한 문장이 뭔가를 예찬하는 종류의 것이어서? 잘 설명할 수는 없지만 그 순간에 어떤 축복의 말을 들은 듯한 감정이 내 안에 가득 차올랐다. 그 애가 내 아이가 아니어서 얼마든지 믿고 사랑할 수 있다는 이기적인 감정을 숨기느라 나는 재빨리 두 손으로 얼굴을 문질렀다.

실이 검은 개 이야기를 한 얼마 후에 나는 다른 사람에게는 하지 못한 이야기를 그 애에게 했다. 책에 있는 가름끈. 그것이 나를 두렵게 만든다고. 그러면서 나는 아마 피식 웃었을 것이다. 실은 진지한 소리로 되받았다. 이모가 얼마나 힘들지 상상이 가.

언제부터 그런 증상이 시작되었는지 정확하게 기억할 수 없다. 책을 펼치면 책 표지나 헤드밴드 색깔에 따라서 노란색 파란색 갈색 붉은색 검은색의 가름끈이 길게, 혹은 휘어진 채 책 사이에 끼워져 있는데 어떨 때는 가느다란 실뱀처럼, 어느 때는 올가미, 어느 때는 밧줄 같아 보였고 내가 이성적으로 호흡을 고르지 못할 때는 그 가느다란 가름끈이 나에게 달려들어 목을 옥죌 것만 같았다. 전공서들, 가진 책들의 모든 가름끈을 가위로 싹둑 잘랐고 새 책이 배송돼 오면 우선 가름끈부터 자르고 봤다. 그런데도 책을 펼칠 때마다 가름끈들은 어디선가 불쑥불쑥 예기치 않게 나타나곤 했다. 이모, 가름끈이 없는 책들도 있잖아. 나는 고개를 끄덕였다. 그렇긴 하지, 라고 헛되이 중얼거리면서.

나를 흔들어 깨우듯 생경한 소리와 함께 메시지가 들어왔다. 언니, 집에 별일 없지? 공항으로 출발할 시간이 다 돼가는데 아직도 PCR 결과가 안 나와서 미치겠어. 실이 약 좀 제때 챙겨주고.

나는 문을 몇 번 더 두드리며 이모 여기 있어, 아무 데도 안 가, 하곤 욕실 문 앞에 무릎을 모으고 앉았다. 점심 먹은 후에 실이 약을 먹는 건 확인했다. 벤조디아제핀과 알프라졸람과 프로작이 섞인 항불안 약물들.

이모, 양지 이모.

실이 다시 나를 불렀다. 수건을 깔고 변기 위에 앉아 있다가 바로 문 안쪽 바닥으로 자리를 옮긴 모양이었다. 공명하던 목소리가 가깝게, 속삭이는 것처럼 들려왔다. 다행히 실은 차분해지고 있는 듯했다.

그래, 류 원장 아저씨한테 연락했어. 열쇠 수리하는 사람 알아보고 있대. 조금만 기다리면 돼, 실아.

나는 재빨리 말했지만 다 말하지는 않았다. 류 원장은 아까 나에게 찍어서 보내라고 한 욕실 문손잡이 사진을 여러 군데 먼저 보낸 모양이었다. 어떤 기사는 신용카드같이 얇고 딱딱한 것을 문틈 사이로 밀어 넣어 아래에서 위로 밀어보라고 했고, 손잡이 옆에 난 작은 잠금장치 구멍에 클립이나 철사를 찔러 넣어보라고 알려줬다고 했다. 안에서 일부러 잠근 게 아니면 열릴 수도 있다고. 류 원장은 시도해봤냐고 물음표를 보냈다. 해보지 않고 나는 소용이 없다고, 문은 열리지 않는다는 답장을 보냈다. 나는 이러는 자신에 대해 잘 설명할 수는 없지만 무언가가 나를 가로막고 있다고 느꼈다.

실아, 괜찮아? 거기 너무 덥지?

찬물이 있으니까 괜찮아.

나는 고개를 끄덕였다. 실이 방에 틀어놓은 에어컨 바람이 복도까지 충분하게 미치지 않아서, 아직도 욕실 문을 열지 못한 나는 땀을 흘리고 있었다.

이모.

응.

그런데 어제 아침에 나 잘 때 어디 갔다 온 거야?

……깨어 있었니?

그 비슷한 거.

실은 말을 아꼈다. 혼자 빈집에 있을 수도 있었구나. 나는 고개를 주억거렸다. 언제나 검은 개를 보고 떠올리는 건 아니니까.

어떤 할머니가 이 근처에서 실종됐대서, 혹시나 해서.

어떤 할머니?

실이 욕실 문에 몸을 바짝 붙이는 기척이 났다.

등이 굽었다는 임소례 씨를 찾는 안전 안내 문자가 두번째로 들어왔을 때. 나는 실이 잠들어 있는 걸 확인한 후 휴대전화기만 든 채 밖으로 나갔다. 이 근처, 현충근린공원이나 동작역으로 이어지는 충효길을 산책할 때마다 노인들이 혼자서 서성이거나 하염없이 앉아 있는 모습을 자주 보았다. 반포천으로 길게 이어지는 허밍웨이 길에는 사람이 많아서 실종된 사람이라면 쉽게 눈에 띌 거라는 판단 때문에 나는 길을 건너 근린공원으로 올라갔다. 진입로까지 자갈과 흙탕물이 흘러넘친 공원은 입구를 붉은 띠로 막아놓았다. 대로변 사잇길에서 시작하는 충효길은 가파른 나무 계단을 올라가야 했지만 한적하고 누군가 고의로 숨어 있겠다면 적당한 장소일지 몰랐다. 153센티미터에 44킬로그램, 그리고 분홍 재킷과 검정 바지를 입은 77세의 여성. 나는 이미 그녀를 아는 것 같았고, 아직도 지반이 약할 게 분명한 나무 계단을 서둘러 올라갔다. 후드득 약한 비까지 떨어졌다. 그러잖아도 미끄럽고 낙차가 있는 나무 계단이 비에 젖었다. 내 뒤에서 치마를 입고 우산을 쓴 한 여성이 올라오고 있을 뿐, 폭우가 지나간 지 며칠 안 돼서 그런지 산책하는 사람들이 없었다. 실이 잠에서 깨어나기 전에, 이따금 눈앞에 검은 개가 나타날 적마다 새된 비명을 지르며 정신을 잃기 전에 나는 집으로 돌아가야 했다. 임소례 씨는 보이지 않았다. 임소례 씨 비슷한 사람도, 비슷하다고 우기고 싶은 노인도 없었다. 나는 진땀을 흘리며 동작역 방면의 계단으로 내려갔다. 미끄러지지 않으려고 힘을 주느라 다리가 후들거렸다. 이 길은 임소례 씨가 올라오기에는 무리일지 몰라. 긴 산책길을 다 내려온 후에야 나는 변명하듯 중얼거렸다. 내가 아는, 누군가 배회 중일 남은 길은 이제 현충원이나 허밍웨이 길이었고 나는 뛰다시피 해서 집으로 돌아왔다. 나갈 때와 같은 모습으로 잠들어 있는 실을 보고 안도했었는데.

그 할머니를 왜 찾고 싶었는지 이모가 말해주면 좋겠어.

실은 이 이야기에 홍미를 느끼는 모양이었다. 그러나 나는 말할 수 없다.

그냥, 길을 잃거나 집을 잃은 걸지도 모르니까.

아니지 이모. 그 할머니는 일부러 집을 나갔을 수도 있잖아.

이럴 때, 나는 실이 그만 싫어지고 만다. 내가 이렇게 입을 다물고 있을 때, 실도 엇비슷한 감정을 느낄지 모르고 그렇다고 해도 어쩔 수 없는 일이다. 우리는 침묵했다. 류 원장에게 열쇠 수리공을 찾았다는 메시지가 없어서 나는 다시 열쇠, 욕실 문 고장, 같은 키워드로 검색을 했다.

……이모?

이모 여기 있어.

수납장에 먹다 만 엠앤엠즈 초콜릿 봉지가 있어.

건이가 몰래 숨겨뒀겠지, 엄마가 못 먹게 하니까.

오빠가 좋아하는 연두색만 잔뜩.

실이 약하게 웃는 소리, 초콜릿을 깨물어 먹는 소리가 들렸다.

벌써 여섯시가 다 돼갔다. 실이 얼마나 저 안에서 버틸 수 있을까. 송 선배에게 오늘 중으로 갈 수 없게 될지도 몰랐다. 송 선배에게 꼭 물어보고 싶은 말이 있는데. 머리가 지끈거리고 목이 말랐다. 겨우 욕실 문 하나를 열지 못해서 그 앞에 쭈그려 앉아 있기밖에 할 수 없는 사실이 나의 무능을 드러내는 것만 같았다. 우울감에 빨려 들어가지 않도록 나는 고개를 치켜들어 실의 방으로 눈을 돌렸다. 창문으로 하늘 한쪽에서 바람이 강한 힘으로 밀어내는 듯 먹구름이 켜켜이 몰려와 쌓였다. 어제 아침 이후로도 임소례 씨를 찾는다는 문자는 저녁 일곱시 반까지 네 번이나 들어왔다. 시민의 관심과 도움으로 그녀를 발견했다는 메시지는 없었다. 집을 잃어버린 게 아니라 실의 말대로 임소례 씨도 어디를 가고 싶었던 것일까. 이순명 씨도 등이 굽었었다. 분홍색 옷을 입지는 않았지만 키도

작았고 체중도 적게 나간 편이었다. 삼십 년 전에 사라진 이순명 씨를 지금 다시 실종 신고해야 한다면 흰 반팔 니트에 통이 넓은 감색 바지를 입은 77세의 여성을 찾는다고 진술해야 할 것이다. 그때도 여름이었고 동생이 열일곱, 내가 열아홉 살 때였다. 그리고 나는—아마도 동생도—알게 되었다. 고통은 잊히지도 고여 있지도 않고 아주 작은 자극에도 언제나 울려 퍼진다는 것을. 감정과 육체가 커다란 녹슨 종이 돼버린 것처럼.

실이 좋아하는 백도를 사 들고 류 원장이 현관으로 들어섰다.

너무 늦게 왔지.

스니커즈를 벗고 거실로 들어선 그는 잠을 못 잤는지 눈 밑이 손으로 꾹 누른 듯 꺼지고 거무스름해 보였다. 올 초에 어금니 하나를 크라운으로 씌우는 치료를 받느라 치과에서 봤을 뿐 개인적으로 얼굴을 보기는 올 들어 처음이었다. 나는 백도가 든 봉지를 받아 들고 실이 갇힌 욕실 쪽을 눈으로 가리키며 물었다.

수리하는 사람은 언제 온대?

류 원장은 그대로 나를 지나쳐 욕실 쪽으로 가선 조심스럽게 문을 두드리며 실을 불렀다.

실아, 아저씨 왔어. 문 금방 열어줄게.

여름 재킷을 벗어 바닥에 내려놓은 채 류 원장은 욕실 문을 밀고 잡아당겨보았다. 문은 꼼짝도 하지 않았다. 안에서 일부러 잠그고 열어주지 않는 것처럼. 류 원장은 잠시 뭔가를 짚어보는 듯하다가 나에게 공구함이 어디 있는지 아느냐고 물었다. 찾아봤는데 없고, 실이 그런 소음을 힘들어할 거라고 말했다.

다 쉬는 날이라. 한 삼십 분 더 있다가 올 텐데.

욕실 문에 등을 기댄 채 류 원장이 눈썹을 모으고 난감해했다. 욕실 안쪽에서 똑똑, 노크 소리가 들렸다.

아저씨, 저 아직 괜찮아요.

어쩐지 실의 목소리는 이제 태연하게 들리기까지 해서 나는 실에게 잠깐 주방에 좀 갔다 오겠다고, 여긴 아저씨가 있을 거라고 알려주었다.

물 한잔 줄까?

나는 돌아서기 전에 류 원장 눈을 마주보지 않고 물었다.

얼음 잔뜩 넣어서.

무뚝뚝한 소리로 대답했고, 류 원장은 내가 그랬던 것처럼 소리 나지 않게 문손잡이를 쥔 손에 힘을 주고 몇 번 더 문을 밀어보고 잡아당겨보다가 바닥에 앉았다. 나는 동생 침실 앞 욕실에 가서 참았던 소변을 보았다. 손을 씻다 말고 욕실 문을 안에서 잠가보았다. 못의 머리같이 튀어나온 걸 누르게 된 잠금장치였다. 부부 욕실은 넓었다. 널찍한 욕조에 샤워부스도 따로 있고 세면대도 불필요해 보일 만큼 크고 수납장도 그랬다. 실이 있는 쪽은 샤워부스에 세면대, 그 사이는 서너 걸음밖에 되지 않았다. 그 중간에 변기가 있고 그쪽 벽면에 거울로 마감한 작은 수납장이 있을 뿐. 실은 그 안에서 지금 한 시간 가까이 나오지 못하고 있다. 밖에는 이제 어른들이 두 명이나 있는데.

나는 주방으로 가면서 실의 방 복도 쪽 바닥에 앉아서 휴대 전화를 확인하고 있는 류 원장을 흘긋 봤다. 치과는 조카들이 졸업한 초등학교에서 한 블록 떨어진 골목에 있었다. 진료를 마치고 바로 온 모양이었다. 중요한 환자들은 휴진하는 날 따로 온다고 했다. 다른 환자들과 마주치지 않도록. 보철 전문인 류 원장이 대학병원에 몇 년 근무했을 때 모두가 알만한 대기업의 여사가 진료를 받은 적이 있다고 했다. 치료가 마음에 들었는지 류 원장이 개원한 치과에 일요일에 따로 진료를 받으러 왔다. 치료가 다 끝났는데도 진료 의자에 누워서, 입 모양만 둥글게 뚫린 녹색 소공포로 얼굴을 덮은 채 그녀는 두 시간 가까이 더 누워 있었다고 했다. 출입구가 잠긴 걸 다시 확인한 수행원들과 류 원장과 치주 전문인 그의 아내, 실장과 간호사들은 모두 일층에서 소리를 내지 않도록 주의하면서 기다렸다. 류 원장은 그때 아무 소음이 들리지 않는 치과가 너무 낯설었고 그 낯섦을 인식한 순간 이후로 자신의 일터를 더 이해하게 되었다는 말도 덧붙였다. 그건 이상할 말처럼 들렸지만 타인들의 집에 머물던 경험으로 나는 그게 무엇인지 조금은 알게 되었다. 아무튼 그렇게 두 번쯤 더 와서 치료를 받고 혼자 누워 있다가 천천히 구두 소리를 내며 계단을 내려왔다는 이야기를 류 원장은 했다. 어느 땐 눈물 자국이 남아 있기도 했다고. 어느 땐 정말로 깊은 잠을 자고 난 후의 개운한 얼굴이었다는 말도. 뉴스에서 지금은 회장직을 승계한 그 대기업의 아들과 그녀가 나오면 가정집을 개조한, 큰 창 안쪽의 블라인드 사이로 오후의 햇살이 비스듬히 비치는 진료 의자에 누워 얼굴에 천을 덮은 채 누워 있는 모습이 저절로 떠올랐고 그 때문인지 나는 종결되지 못한 슬픔은 누구에게나 있는 것일까, 하는 생각을 하곤 했다.

나는 냉장고에서 캔 맥주를 꺼내 단숨에 마셨다. 류 원장이 오자 얼결에 그에게 먼저 연락해 욕실 문에 문제가 생겼다는 말을 한 게 명백한 실수같이 느껴졌다.

이천십팔년 시월 넷째 주에 류원장과 나는 강북의 한 레지던스에 투숙했다. 초강력 태풍 위투가 사이판 섬을 강타해 이재민과 고립된 한국인 관광객이 속출하고 공사 가림막이 무너져서 인도를 걷던 일가족 네 명이 깔려 다치고 갑자기 쌀쌀해진 날씨에도 많은 사람이 국화꽃 축제와 억새꽃을 보러 나들이를 나섰던 금요일이었다. 나는 막 사십오 세가 되었고 류원장은 곧 그렇게 될 거였다. 그가 나에게 미치는 영향이 내가 나 자신에게 미치는 것보다 커질까 봐 주의했으나 죽음에 관해서만은 그러기 어려웠다. 그건 내 의지로 결정하기보다는 열아홉 살 이후 생이 나에게 보낸 신호, 삶에서 영원히 한 발짝 옆으로 밀려나게 되었다는 뚜렷한 기호를 저항 끝에 따라가는 일과 비슷했다. 지쳐 있었고 불가해한 슬픔은 날마다 차올라 몸이 터져버릴 것만 같았다. 한갓진 방이었다. 우리는 준비를 한 후 나란히 누워 죽음의 순간을 기다리고 있었다. 나는 중간고사 기간이 끝나면 나에게 메일로 대체 과제를 제출할 학생들을 잠깐 떠올렸고 강사휴게실로 찾아와 임신 사실을 의논하며 울던 여학생을 기억했다. 이 죽음이 알려지면 여학생은 상담 상대를 잘못 골랐다는 것을 알아차리곤 소스라치게 놀랄지도 몰랐다. 내가 그런 생각에 빠져 있는 동안 류 원장은 말이 없었다. 지구(地區) 대회를 앞두고 합창부에서 「가을 뜨락」이라는 곡을 연습할 때 가사 중에 단원 중 아무도 모르던 무서리, 싸리울 같은 단어를 일일이 설명해주고 지휘했던 소년이 평생 죽음의 충동에 시달릴 줄은 아무도 몰랐을 것이다. 그럼 꽃등불은 무슨 뜻인지 아느냐고 물었던 알토를 맡았던 여자아이 옆에서 그는 반듯하게 누워 이미 관에 들어간 사람처럼 두 팔을 배에 포개 올려놓고 낮은 조도로 맞춰놓은 샹들리에를 올려다보고 있었다. 나는 눈을 반만 뜨고 있었는데도 다 보였고 충분히 보였다. 문득 내가 웃었던 것 같다. 머릿속이 뿌예지면서 내 이름조차 생각나지 않아서였나. 끽끽, 유리 조각을 칠판에 문질러대는 소리처럼 들렸다. 한 손으로 입을 틀어막고 나는 자꾸만 웃었고 내 고막을 두드리는 생경한 웃음소리 때문에 그동안 어떤 측면에서 내가 이미 죽은 사람에 가깝게 살고 있었다는 것을 깨달았는지도 모른다. 류 원장은 차갑게, 말없이, 부리부리한 눈을 더 부리부리하게 뜨고 누워 있다가 어느 순간에 벽을 세우듯 몸을 팩돌렸고 우리는 다음 날 아침에 일어나 그 방을 나왔다. 어째서인가 나는 다음번엔 류 원장이 나를 제외하고 혼자서 그 일을 다시 실행할 거라는, 그때는 나에게 어떤 언질도 주지 않으리라는 잠정적인 결론에 이끌리고 싶었다.

다 마신 맥주잔을 아일랜드 테이블에 내려놓고 서초구에 강한 바람이 불기 시작해 간판이나 창문 파손 위험이 있으며 하천과 공사장 등 위험지역 접근과 야외활동을 자제하라는 안전 안내 문자를 확인하고 있을 때 류 원장이 욕실 쪽에서 큰 소리로 나를 불렀다.

이리 좀 와 봐!

내 눈에 정말 동생 집은 필요 이상으로 넓었다. 나는 생수병을 들고 뛰듯이 거실을 지나 욕실 앞으로 갔다.

실이가 울어.

실이 방 에어컨 바람이 약하게 오는데다 습도까지 올라서 그런지 자리에서 일어나 있는 류 원장 관자놀이에서 턱으로 땀방울이 흘렀다.

왜? 뭐라 그랬는데?

수리하는 사람 금방 올 거라고, 조금만 참으라고 했는데.

등에 '퀵 수리'라고 새겨진 망사 조끼를 입은 수리공이 고개를 갸우뚱하며 손잡이를 돌렸다. 래치가 안에서 걸려 있었나? 슬쩍 문을 밀었을 뿐인데 막혀 있던 습하고 찐득할 만큼 무더운 열기가 밖으로 훅 끼쳐 나왔다. 문이 열렸다는 사실에 안도한 나는 실아, 높은 소리로 아이의 이름을 부르곤 문을 힘껏 밀어젖혔다. 긴 머리를 틀어 올리고 반팔 티와 반바지를 입은 150센티미터의 실은 내게 말한 대로 변기 뚜껑에 수건을 깔고 앉아 밖을, 그러니까 문이 열린 입구를 바라보았다. 욕실 안으로 들어가려다 말고 나는 주춤거렸다. 진청색, 흰색 세면 타월들을 번갈아가며 깔아놓은 욕실 바닥은 공들여 색을 맞춰 깔아둔 직사각형의 러그 같았고 실은 그 위에 세면대에서 찾아냈을 물건들을 반듯하게 늘어놓았다. 치약, 칫솔, 화장솜, 면도기, 속옷, 생리대, 손바닥만 한 만화책, 언젠가 썼던 2G폰, 엠앤엠즈 초콜릿, 작은 빗이나 안대, 핸드크림 등이 들었을 항공사 어메니티 주머니, 헤어드라이어기, 양말, 비상약들, 오십 개들이 마스크 상자, 때밀이 수건, 나사못, 머리핀, 손톱깎이 세트, 볼펜 한 자루와 포스트잇…… 각을 맞추기도 어려운 그런 물건들을 실은 두 줄로 반듯하고 나란히 늘어놓아서 그것은 내 눈에 꼭 주인이 찾아가기를 기다리는 유실물들을 연상시켰다. 그러나 나는 틀리게 보았을 것이다. 실은 그것들이 자신에게 필요한, 유효하고 도움이 되는 생필품이라고 여겼을 게 틀림없었다. 자신이 거기에 계속 머무는 데. 그리고 거기에 없는 더 필요한 품목들을 적어보기도 했을 터이다. 그랬으리라고 깨닫자 나는 돌연한 분노, 어디서 발원하는지도 모를 급작스러운 화를 느꼈고 그 물건들을 내 발로 거칠게 밟고 들어가 아이가 늘어놓은 작은 질서들을 헤집고 그 안에서 아이를 끌어내 나오고 싶었다. 순간 뒤에서 류 원장이 내 한쪽 팔을 가만히 잡아끌었다.

잠깐, 시간이 필요할 거 같은데.

나는 뒤로 물러났다. 내 얼굴도 실처럼 땀이 번들거리는 게 느껴졌다. 두 팔을 허벅지에 올려둔 채 문이 열렸는데도, 두 시간 가까이 이 덥고 습하고 좁은 데 갇혀 있었는데도 실은 여전히 무감동한 표정을 짓고 있었다. 아니, 지금 어떤 표정을 지어야 하는지 자신도 혼란스러워하는 것 같아 보였으나 나가고 싶지 않다는 태도만은 변함없어 보였다. 나는 문을 열지 못했을 때처럼 욕실 앞에 다시 주저앉았다. 그 애의 무연한 표정 위로 지나가는, 실이 입구 쪽의 나를 바라보며 지금 우물거리듯 반쯤 삼킨 말을 나는 알아들은 것 같았다. 내가 처음 실이 목줄이 풀린 검은 개를 맞닥뜨렸고 자신은 그것으로부터 평생 도망갈 수 없을 거라는 고백을 털어놓았을 때 아무 설명 없이도 내가 이해했던 것처럼. 이모, 여기엔 검은 개는 없어. 그러니까 이 안에서 나는 안전해.

등 뒤에서 류 원장이 수리공에게 수리비를 내는 소리, 인사를 주고받는 소리가 들렸다.

지난겨울에 나는 동숭동에 있는 한 빌라의 이층집에서 삼주 정도 지냈다. 번잡하고 유동 인구가 많은 대학로 한가운데 그런 오래되고 고풍스러운 빌라촌이 있을 줄 몰랐다. 한번 입주하면 나가는 사람이 없어서 매물도 시세도 없다는 곳이었다. 내가 맡은 집은 대형 로펌의 변호사인 육십대 부부가 사는 곳이었다. 십팔 년 된 왕관앵무새들의 먹이와 물을 챙겨주고 새장을 청소해주는 게 가장 중요한 일이었다. 의외로 다른 가족이 없거나 있어도 집을 맡길 만큼 가까운 가족이 없는 사람들이 많다는 데 나는 매번 놀라고 있을 때였다. 거기가 서울이어서 그랬는지 아니면 연극을 좋아해서 자주 대학로에 나가는 송 선배가 떠올라서 그랬는지 나는 내가 여기서 일하고 있다고, 송 선배에게 근처에서 만나 저녁이나 먹자고 연락을 했다. 송 선배는 함께 연극을 본 후배 한 명과 약속 장소로 왔고 결국 나는 그들을 빌라로 데리고 왔다. 후배가 여기 사느냐고 물어서 지금은 그렇다는 부정확한 말을 했다. 잠시 머무는 집이라고 대답하지 못하고. 다른 사람 집을 봐주면서 누군가를 데리고 온 적은 사실 처음이 아니었다. 집을 정성껏 돌보는 일과 때때로 집주인과의 약속을 어기는 일은 달랐고 나는 내가 선명하게 느끼는 그런 죄의식, 무책임함을 통감하는 일에 어떤 쾌락까지 느끼고 있었을지 모른다. 아무리 좋아도 살고 싶거나 애착을 느낀 집은 없는데 흔적 없이 사라지기 좋은 집들은 있었다. 혼자 지내는 밤은 그 점을 외면하기에 너무 길었고 밤은 낮보다 비바람에 대한 대체 능력이 떨어질 수밖에 없듯 나는 더 흔들렸다. 가끔 나는 두고 온 내 방을 떠올릴 때가 있었지만 이미 치워버린 듯 거기엔 아무것도 남아 있지 않았다. 그날, 실내를 여기저기 둘러본 송 선배가 이 집은 원래 이렇게 깨끗하고 잘 정돈되어 있어? 아니면 서 선생이 가꿔서 이런 거야? 라고 물어서 나는 피식 웃었다. 가꾼다는 표현 때문이었는지 아니면 제대로 해내는 일을 보여줬다는 기분 때문인지. 팔 인용의 긴 식탁에 앉아서 새벽까지 술을 마셨다. 후배가 화장실에 간 사이에 송 선배가 상체를 내 쪽으로 기울이곤 소리 낮춰 말했다. 이렇게 사는 것도 나쁘지 않겠다, 서 선생. 이상한 생각 같은 거 하지 말고. 나는 과장된 포즈로 잔을 입으로 가져가며 냉랭한 눈으로 선배를 봤다. 류 원장 외에 누군가의 눈에도 내가 그렇게 비칠 수 있다는 걸 처음 안 듯이. 밤 내내 나는 앉아서도 비틀거렸고 그걸 숨기지도 않았다. 그러다 문득 송 선배 목소리가 귀에 들어왔다. 끝이 안 좋을 거야.

나는 그 말을 잊은 적이 없었고 선배에게 그 말에 관해 물어볼 기회를 계속 놓치고 있었다. 무엇의 끝이, 누구의 끝이 안 좋을 거라고 했는지.

실이 욕실에 갇힌 순간부터 내가 두려워하던 게 무엇인지 이제 안 것 같았다. 나는 이 사고의 끝을 생각했고 그것은 어쩌면 짐작과는 다른 방향으로 흘러가 아주 불행한 쪽으로 쓸려갈지 모른다는, 실이 저 안에서 다른 일을 벌일지도 모른다는 상상. 깨끗이 떠나고 싶다고 느꼈던 욕구들.

나는 자리에서 일어나 위로 말려 올라간 셔츠를 두 손으로 내려 평평하게 쓰다듬었다. 실은 세상엔 동반 자살을 기도하는 어른들이 그것도 제 곁에 있다는 것을, 검은 개보다 더 외현적으로 보이는 두려움에서 헤어나오지 못하는 어른들이 있다는 사실을 알지 못할 것이다. 그러나 지금 나는 해야 할 일을 해야 했다. 욕실로 조심스럽게 들어가 실이 늘어놓은 물건들을 밟지 않도록, 칫솔과 헤어드라이어 사이를 까치발로 밟고 실 앞으로 다가갔다. 실은 깍지 낀 손을 앞으로 모은 채 고개를 푹 수그리고 있었다. 실이 이 안에서 견뎠을 두 시간을 나는 알 것 같지만 그렇게 말할 수도 없었다.

실아, 기억하지?

무릎을 구부리고 나는 실에게 웃어 보였다. 실은 고개를 끄덕였다. 천천히 한 번, 그리고 한 번 더.

검은 개와 흰 말.

그것은 우리의 암호 같은 것이었다. 때로는 위로로 때로는 가벼운 농담으로. 불안은 언제나 발밑이나 허공, 어디에서 튀어나올지 모르는 삶의 파편들처럼 예기치 않게 찾아오며 그래서 타인의 이해를 받기도 구하기도 어려운 데가 있다. 실에게는 다른 것이 필요했다. 두려움을 완화시켜주거나 다른 대상을 떠올릴 만한 치환(置換)적인 행동 같은 것. 검은 개를 보는 감정을 돌려세우는 일. 그리고 나는 실에게 말했다. 목줄이 풀린 크고 검은 개를 보면 그게 흰 말이라고 생각하자. 갈기도 희고 늠름하며 장애물을 뛰어넘을 수 있게도 해주는, 눈부신 흰 말.

실의 손을 잡고 나는 욕실을 나왔다. 실의 몸에서 시큼한 땀 냄새와 열기가 느껴졌고 그 애가 복도에서 이모 손이 너무 아파, 라고 말할 때까지 손을 놓지 않았다.

나는 그 손을 놓고 싶지 않았다. 내가 그제 새벽에 동작역 상류 쪽의 반포천 앞에 가서 느꼈던 감정이 뭔지 말하고 싶었다. 욕실 문이 열리고 너를 보았을 때 느꼈던 감정도. 그러나 나는 내가 아직 살아 있다는 이 충격을, 헛것 같은 삶도 안전을 위협받는 삶도 아직은 살아 있다는 이 보편적인 기적의 순간을 어떻게 설명해야 할지 몰랐고 이것이 맞는 감정인지도 알 수 없어서 눈을 휘둥그레 뜬 채 서 있기만 했다. 끝이 안 좋을 거란 말, 그게 선배 자신에게 한 말이라는 거, 무슨 말인지 묻고 싶은 게 아니라 송 선배에게 가서 어서 일어나 같이 걷자는 말을 하고 싶은 거란 소리는 누구에게 해야 할까.

여름을 두려워했던 건 수해가 아니라 빈번하고 무수한 죽음들 때문이었어. 메시지 소리에 내 읊조림은 묻혔고 류 원장은 휴대전화를 열어보느라 고개를 숙였다. 내 휴대전화. 동생네는 무사히 탑승했을까? 주방 테이블에 놔뒀을 내 전화에도 확인하지 못한, 기다리는 메시지들이 있을지 몰랐다. *시민들의 관심과 제보로 실종된 임소례씨를 안전하게 발견했습니다.*

그리고 다른 문장들.

더 많은 문장들.

수많은 순간, 나는 이런 문장에 사로잡혀 있었다.

동작구에서 실종된 서양지씨(여, 49세)를 찾습니다―161cm, 50kg, 흰셔츠, 검정바지, 흰말을찾는 ☎182

이제 괜찮아, 이모.

실이 한 손으로 내 눈물을 문질러주었다.

욕실 밖에는 실과 내가, 몇 걸음 떨어진 현관 앞에는 류 원장이, 그리고 운동화를 다 신고도 아직 가지 않은 수리공 남자가 서 있었다. 아직 애가 나온 걸 확인하지 못해서요. 현관에서 고개를 이쪽으로 내밀고 얼굴이 까맣게 탄 젊은 수리공이 안심했다는 어투로 말했다.

지금 몇 시지?

나도 모르게 큰 소리로 물었다.

저녁이지, 아직 저녁이야.

뭔가 개운하다는 소리로 류 원장이 두 팔을 허공에 휘저었다.

배가 고파요.

실이 쑥스러워하며 말했다. 그러곤 어쩌면 서로의 이유로 아직 어른이 되지 못한 미완의 성인들을 반짝이는 눈으로 둘러봤다.

* 이 소설을 쓰는 데 '안전 안내 문자'를 일부 인용, 변형하였음을 밝힙니다.

최은영

이모에게

2013년 작가세계 신인상을 받으며 작품 활동 시작. 소설집 『쇼코의 미소』 『내게 무해한 사람』 『아주 희미한 빛으로도』, 장편소설 『밝은 밤』이 있음. 허균문학 작가상, 김준성문학상, 한국일보문학 상, 대산문학상 등을 수상.

1

　나는 엄마가 스물셋, 이모가 마흔다섯이 되던 해에 태어났다. 나이 차이 때문에 우리 셋이 함께 다니면 사람들은 이모를 나의 할머니로 여겼다. 그때는 그 나이에 할머니가 되는 사람들이 많기도 했지만, 이모는 자기 또래보다도 더 나이가 들어 보이는 편이었다.

　'희진이 할머니시구나.'

　이모는 그렇게 말하는 사람들의 생각을 정정하지 않았다. 누가 묻지 않았는데도 '희진이 할머닙니다'라고 자기를 소개하기도 했다. 왜 거짓말을 하느냐고 묻는 내게 이모는 내가 자라면 자연스레 알게 될 거라고 답했다.

　내가 태어나고 얼마 지나지 않아 이모는 우리 가족과 함께 살게 됐다. 나는 집에서는 이모라는 호칭을 썼지만 밖에서는 따로 이름을 부르지 않았다. 이모가 멀리서 나를 못 찾고 있으면 '여기야!' '나야!' 하고 외쳤다. 나는 열 살에 독감을 크게 앓고 목소리가 거칠어졌는데 그런 목소리의 여자애가 별로 없어서 그렇게만 불러도 이모는 나를 알아봤다.

이모는 장롱 때문에 겨우 누울 공간만 남은 작은 방에서 지냈다. 옷가지가 별로 없었는데도 장롱은 방의 크기에 비해 너무 커다랬다. 이모가 소유한 옷도 우리 수준에서는 모두 고가의 물건이었다. 이모가 가장 아끼는 겨울 코트는 무려 버버리 제품이었다. 이모는 싸구려를 여러 개 사느니 좋은 걸 하나 갖는 편이 낫다고 했고 엄마는 이모의 그런 태도를 허영심이라고 생각하며 이해할 수 없다고 했다. 이모의 차림새도 또래 여자들과는 달랐다. 이모는 무채색 옷을 입었고 짧은 단발머리를 유지했으며 늘 깨끗하게 세탁된 흰 운동화를 신었다. 왼쪽 손목에는 검은 가죽줄이 달린 사각형 손목시계를 차고 다녔다. 화장은 하지 않았다. 이모는 내 책가방과 외투도 싸구려를 사서는 안 된다며 엄마와 실랑이하기도 했다. 실제로 나를 키운 사람은 이모였기 때문에, 또 엄마가 이모의 고집을 꺾을 수는 없었기에 어린 시절의 나는 이모의 취향이 반영된 단정한 무채색의 옷을 입고 다녔다.

나는 이모가 싫어했던 것들을 종이 한 장에 빽빽하게 쓸 수 있다. 춤추는 사람, 연예인들이 웃고 떠드는 텔레비전 프로그램, 팔짱을 끼고 걸어가는 연인, 짧은 치마, 길에서 노래 부르기, 껌으로 풍선 불기, 강아지를 자식처럼 예뻐하는 사람, 헤픈 웃음, 이것도 좋고 저것도 좋다는 식의 태도, 술에 취한 사람, 경박한 사람……

엄마와 내가 연예인들이 나오는 토크쇼를 보고 있을 때, 그런 우리를 차갑게 바라보던 이모의 얼굴이 떠오른다. 기본적으로 이모는 삶의 즐거움이라고 할 수 있는 대부분의 것을 배격했다. 이모는 나를 엄격하게 키웠다. 나는 어려서 눈물이 많고 예민했는데 이모는 내 타고난 특성을 있는 그대로 받아주지 않았다. 내가 울 때마다 이모는 '이다음에 커서 세상 사람들이 너를 우습게 보고 함부로 대하는 걸 원하냐'며 경고하듯 냉담하게 말했다.

"울고 싶으면 아무도 없는 곳에서 울어. 네 방문을 닫고 울어. 징징대면서 네 기분 받아달라고 하는 거 좋아할 사람 세상에 하나도 없으니까."

이모의 그런 양육 태도에 큰 문제가 있었다는 것을 지금의 나는 안다. 이모의 태도가 감정적 방임에 가까웠다는 것도. 하지만 나는 이모를 판단하기 위해서 이 글을 쓰는 것이 아니다. 그런 판단은 너무 쉬우니까. 나는 그런 쉬운 방식으로 이모에 대해 말하고 싶지 않다.

이모는 결코 내 볼에 뽀뽀해주거나 나를 꼭 끌어안아주지 않았지만 그래도 나는 이모가 나를 좋아한다는 걸 동물적인 감각으로 알았다. 나는 내 방이 있는데도 굳이 이모 방에 가서 잘 때가 많았는데, 이모는 내가 베개를 들고 가면 이불을 살짝 들어 올려 작은 굴을 만들어줬다. 그러고는 그 안에 들어간 내 등을 손바닥으로 살짝 토닥였다. 그것이 이모가 내게 보여준 최대치의 애정 표현이었다.

매일 아침마다 이모의 라디오에서는 클래식 음악이 흘러나왔다. 이모보다 늦게 일어난 내가 이불 밖으로 고개를 내밀면 음악을 들으며 도서관에서 빌려온 책을 읽는 이모의 모습이 보였다. 이모는 주로 황토색 양장 커버의 세계 문학 전집이나 『삼국지』같이 이미 죽은 사람들이 쓴 책을 읽었다. 나도 글자를 읽을 수 있게 된 후로는 커다란 장롱에 등을 대고 이모 옆에 앉아서 책을 읽었다. 학년이 올라갔을 때 이모는 내게 더는 어린애가 아니니 수준 있는 책을 읽어야 한다고 말하기도 했다. 그 말에 그림이 적게 들어간 책과 글자 크기가 작은 어른 책을 골라 읽기 시작했지만, 내용을 이해하지 못하는 때가 더 많았다. 그래도 이모와 함께 책을 읽는 시간이 나는 좋았다.

그 무렵에 내가 좋아하는 친구에게 잘 보이고 싶어서 애썼던 적이 있었다. 어떻게 하면 그애를 기쁘게 해서 관심을 끌 수 있을지 궁리하는 내게 이모는 이렇게 말했다.

"희진이 네가 다른 사람들을 기쁘게 하려는 사람이 아니었으면 좋겠는데. 넌 여자애야. 사람들을 기쁘게 하기보다는 사람들이 널 두려워하게 하는 편이 훨씬 좋은 거야."

그게 무슨 뜻인지 그때는 이해하지 못했다. 어른이 된 지금 나는 그 말을 종종 떠올리곤 한다. 이모는 그런 식으로 자신의 바람을 나에게 흘리듯 말하곤 했다. 나는 이모가 나를 자랑스러워한다는 것도 알았다. 내가 월말고사에서 좋은 성적을 받아오면 이모는 내 손을 잡고 시장에 데리고 가서 괜히 내 이야기를 했다.

"희진이가 반에서 혼자 백 점을 맞아서요. 네, 애 혼자요. 애가 보통 애가 아니거든요."

그런 날이면 이모는 내게 먹고 싶은 주전부리를 고르게 했다. 평소에 이모는 사탕이나 초콜릿 같은 달콤한 주전부리를 철저하게 금지했다. 그런 싸구려를 먹으면 건강이 상한다면서. 하지만 좋은 일이 있으면 이모는 내게 그 '싸구려'를 허락했다.

우리가 아무리 한집에서 오래 살았다고 하더라도 이모와 나 사이에는 시간이라는 높은 벽이 있었다. 나는 내가 태어나기 전에 이모가 어떤 삶을 살았는지 잘 알지 못했다.

아주 어릴 때 이모와 목욕탕에 간 적이 있었다. 이모의 배꼽 아래에 작은 배꼽 하나가 더 있는 것이 보였다. 나는 때를 밀어주는 이모에게 '이모는 왜 배꼽이 두 개야?'라고 물었다. 그러자 이모는 굳은 얼굴로 배꼽 아래의 구멍을 가리키며 '이건 배꼽 수술을 받은 자리야'라고 답했다. '그게 뭐야?'라고 묻자 이모는 '그 수술을 받으면 더는 아이가 생기지 않아'라고 말하고는 다시 내 등을 밀기 시작했다. 나는 이모의 말을 하나도 이해할 수 없었지만, 그 말을 하는 이모의 감정만큼은 그대로 느낄 수 있었다. 이모는 슬퍼하고 있고 그 슬픔은 내가 알지 못하는 무게를 지니고 있다는 것을 말이다.

이모는 어린 나를 이곳저곳에 데리고 다녔다. 그중 아직도 기억에 생생하게 남아 있는 순간이 있다. 엄마와 이모의 사촌 언니 환갑잔칫날이었다. 노래방 기계가 설치된 넓은 연회장에서 한복을 입은 사회자가 노래를 부르고 손님들이 다 같이 춤을 췄다. 손님들은 술에 취해 소리지르듯이 말했다. 시끄러운 음악 소리, 번잡스러운 분위기…… 나는 이모가 그런 상황을 가장 싫어한다는 걸 알았다.

내가 이모가 골라준 회색 모직 원피스를 입고 접시의 음식을 깨작대며 먹는 동안, 사회자는 사람들에게 마이크를 건네며 노래를 시켰고 다른 사람들은 노래에 맞춰 춤을 췄다. 분위기가 무르익었을 때 사회자가 입을 열었다.

"아직 안 부른 분이 있으실까요?"

"저기, 내 사촌 동생."

이미 불콰하게 술에 취한 환갑잔치의 주인공이 이모를 가리키더니 사회자에게서 마이크를 가져와 말을 이었다.

"숙희야, 언니 환갑에 노래 한 곡 해다오."

이모가 조용히 고개를 저었다.

"누이, 그러지 말고 한 곡조 뽑아줘요."

오촌 아저씨도 큰 소리로 청했다. 나는 이번에도 이모가 거절하리라고 생각했다. 어쩌면 화를 낼지도 모른다고. 하지만 이모는 마이크를 받아 들고 앞으로 나가더니 사회자에게 귓속말로 뭐라고 말했다. 얼마 지나지 않아 노래방 반주가 깔렸다. 이모는 밝은 조명 아래에서 사람들을 바라보며 노래했다.

"보리밭 사잇길로 걸어가면 뉘 부르는 소리 있어 발을 멈춘다. 옛 생각이 외로워 휘파람 불면 고운 노래 귓가에 들려온다. 돌아보면 아무도 뵈이지 않고 저녁놀 빈 하늘만 눈에 차누나."

나는 이모가 노래하는 모습을 그날 그곳에서 처음 봤다. 밝은 조명 아래서 이모의 얼굴 주름은 도드라졌고 몸집은 평소보다 더 작아 보였다. 이모의 작은 목소리는 커다란 반주 소리에 묻혔고, 곧이어 사람들의 대화 소리에 가려졌다. 그래도 이모는 단지 그 시간을 견디는 사람처럼 보이지 않았다. 무표정했지만 어느 순간부터는 노래 부르는 걸 즐기고 있는 것 같았다. 나는 마음속으로 이모를 응원했다. 이모가 노래를 마치자 노래방 기계에서 요란하게 팡파르가 울렸고 몇몇 사람들이 박수를 쳤다.

이모가 자리로 돌아오자 노래를 권했던 오촌 아저씨가 우리 테이블로 왔다. 그가 엄마 옆에 앉는데 술 냄새가 훅 끼쳐서 나는 덜컥 겁이 났다.

"너도 참 오랜만이다. 애가 벌써 이렇게 컸구나."

"아저씨한테 인사드려야지."

엄마의 말에 나는 그에게 고개 숙여 인사했다.

"숙희 누이가 너를 키우고, 네 딸까지 키우는구나. 이러기가 쉽지 않다. 너도 알겠지만."

가만히 고개를 끄덕이는 엄마의 귀가 붉게 물드는 모습을 나는 불안하게 지켜봤다.

"누이, 나는 그래요."

그가 이모를 손가락으로 가리켰다.

"나이 들어서 낙이 뭐가 있겠어요. 그저 자식들 장성하는 거 보구 손주 새끼들 귀여운 거 보는 거, 그게 낙이지. 그래서 누이를 보면 내가 마음이 그래……"

"그랬니?"

이모는 짧게 답하고 물을 마셨다. 이모가 별다른 반응을 보이지 않자 그가 엄마 쪽으로 고개를 돌려 말했다.

"누이 인물이 고와서 개가하려면 얼마든지 했겠지만, 너를 모른 척할 수가 없었던 게지. 누이가 너를 딸처럼 키웠듯이 너도 누이를 어머니다, 생각하고……"

그 말이 끝나기 전에 이모가 주먹으로 테이블을 내리쳤고 그 바람에 젓가락 몇 개가 바닥에 떨어졌다. 시끌벅적하던 옆 테이블 사람들이 우리 쪽을 쳐다봤다.

"너는 입이 문제라 했지."

이모가 낮은 목소리로 말했다.

"지껄이는 그 입이 문제라고."

"누이."

"큰소리 내기 싫다. 네 자리로 돌아가."

그가 돌아가자 이모는 냅킨으로 입술을 닦고 지친 표정의 엄마에게 조용히 말했다.

"개가 짖었다고 생각해."

나는 이모가 그 정도로 화를 낸 이유가 무엇일지 궁금했다. 집에 돌아와 아빠 책장에서 국어사전을 꺼내 '개가'라는 말을 찾아봤다. 오촌 아저씨는 이모가 '개가할 수 있었다'고 했다. 그런데 엄마를 모른 척할 수 없었다고. 개가의 사전적 정의는 이러했다. 출가한 여자가 이별 또는 망부로 인하여 다른 남자와 결혼하는 일. 나는 출가와 망부라는 단어까지 찾아보고 나서야 개가라는 말을 이해할 수 있었다.

내가 이모 인생의 큰 짐일지도 모른다고 생각하기 시작한 건 그 순간부터였다.

2

고등학교 3학년 2학기에 취직한 엄마는 두 번의 이직을 거치고 결혼할 즈음 화장품 회사 총무부에 들어갔다. 엄마는 사무실 바닥에 양수를 쏟았다. 그러고도 하던 일을 마무리해야 한다는 생각에 진땀을 흘리며 남은 일을 처리했고, 병원에 도착했을 때는 이미 자궁문이 오 센티 이상 열려 있었다.

내가 태어난 날, 많은 산모가 아이를 낳는 바람에 입원실이 부족했고 의사는 그나마 상태가 나아 보이는 엄마에게 퇴원을 요청했다. 엄마는 나를 낳고 얼마 지나지 않아 출근했던 복장 그대로 퇴원했다. 한겨울에 정장을 입고 구두를 신고서.

엄마는 이모에게 산후조리와 내 양육을 부탁했다. 당시에는 여자가 결혼하거나 아이를 낳으면 자연스레 직장에서 정리되는 것이 관례와도 같았는데 엄마의 회사에서는 출산 후에도 회사에 계속 다닐 수 있는 선택권을 제공했기 때문이었다. 아빠 또한 엄마가 계속 일을 하길 원했다. 엄마는 내가 유치원에 들어갈 때까지만 회사에 다니기로 했고, 이모는 살림을 정리하고 우리 집으로 들어왔다.

엄마와 아빠가 항상 바빴기 때문에 나는 어린 시절의 대부분을 이모와 함께 보냈다. 말도 이모에게서 배웠다. 내가 재밌다, 무섭다, 행복하다, 예쁘다, 나쁘다 같은 언어를 쓰기 시작하기 전에, 그런 관념을 형성한 바탕에는 이모의 세계관과 해석이 있었을 것이다. 나는 이모가 예쁘다고 말하는 것들의 특징을 내 안에서 관념적으로 구성했고, 이모가 나쁘다고 하는 것들의 특징 또한 그렇게 했다. 그리하여 내가 무섭고 싫고 밉다는 말을 하게 됐을 때, 그 말에는 이모의 삶을 통과한 세계관과 해석이 들어 있었다.

이모는 왜 그렇게 싫은 게 많아? 왜 다 못마땅하게 여기는 거야? 왜 그렇게 불평을 해? 좋은 면을 보는 게 그렇게 어려워? 이모가 감정적으로 인색한 사람이란 거 알아? 때로는 마음속으로, 때로는 이모 앞에서 소리 내어 그렇게 말했으면서도 때때로 나는 내 안에서 내가 그토록 견디기 힘들어했던 이모의 모습을 본다.

내가 중학교에 들어가기 전까지 우리는 김포공항과 가까운

동네에서 살았다. 우리 집은 아파트 삼층이었는데 근처에 높은 건물이 없어서 창밖으로 비행기가 낮게 나는 모습을 볼 수 있었다. 엄마 아빠는 비행기 소음이 우리 동네의 가장 큰 문제라고 했다. 하지만 세상 모든 것에 사사건건 시비를 걸던 이모는 비행기 소음에 대해서만은 아무 말도 하지 않았다. 이모는 길을 걷거나 말을 하다가도 하늘 위로 커다란 비행기가 나타나면 하던 일을 멈추고 비행기를 바라봤다. 그럴 때면 나도 조용히 입을 다물고 가만히 있어야 했다. 비행기는 흰 배를 보이며 우리의 머리 위를 지나갔다. 어려서는 비행기가 보이면 두 손으로 얼굴을 가리고 쪼그려앉아 있었다. 잘못했다가는 비행기가 머리를 스치고 지나갈 것처럼 느껴져서였다. 어느 정도 자라서는 제자리에서 뛰면서 손을 뻗어보았다. 꼭 내 손으로 비행기를 잡을 수 있기라도 한 것처럼. 나는 비행기가 어디서 오는지, 어디로 가는지 상상했다. 비행기를 타고 있는 사람들을 동경했다.

어린 시절 나를 둘러싼 세계는 늘 모호했다. 어른들은 내게 뭔가를 감추고 있었고 나는 내가 알아서는 안 되는 일이 무엇인지 궁금했다. 나는 어른들의 대화에서 분명히 이중적인 의미를 지닌 말이나 감춰진 감정의 진동을 느끼면서도 그것의 정확한 의미를 알 수가 없었다.

이모를 제외한 우리 가족은 매해 명절과 묘사, 할머니 생신, 일가친척의 경조사 등으로 자주 아빠의 고향에 내려갔다. 기차역에 내려 버스로 읍내까지 간 뒤 그곳에서 또다시 버스

를 탔다. 아침부터 부랴부랴 준비해도 도착하면 언제나 해가
져 있었다.

할머니는 큰아버지네 가족과 함께 살았고, 둘째아버지 부
부도 그 근처에, 셋째아버지 부부도 읍내에 살았다. 넷째 아
들인 아버지만이 고향을 떠나 대학에 갔고, 서울에 뿌리내린
것이다. 아버지는 형제들 중 유일하게 대학에 간 사람이었다.
그것도 서울대학교에. 아빠의 가족은 커다란 상에 같이 둘러
앉아 밥을 먹으면서, 마당에 돗자리를 깔아놓고 술을 마시면
서 아빠가 어릴 때 얼마나 영특했는지 얘기하기를 좋아했다.
'서울대학교 아무나 가나'라고 누가 선창을 하면 '하모요, 난
다 긴다 카는 아들도 못 들어가는 데라 안 캅니까'라는 후렴
이 이어지는 식이었다.

그들이 좋아하는 또 다른 이야기는 아빠의 결혼에 관한 것
이었다. 아빠가 미스코리아 본선에도 진출한 지역 유지 딸과
의 선 자리도 마다하고 엄마를 택했다는 말이었다. 가족 전부
가 반대했지만 착하고 순진한 막내가 그런 선택을 했다는 이
야기. 그 이야기를 할 때 그들은 묘한 쾌감을 느끼는 것 같았
다. 고작 열 살이 넘은 나도 그들이 엄마를 그런 식으로 깔보
고 있으며 엄마가 아빠보다 못한 사람이라고, 그래서 자기들
성에 차지 않는다고 돌림노래를 부르고 있음을 눈치챘다.

아빠의 형제들과 그들의 아내들은 모두 동향이었고 같은
말과 문화를 공유했다. '아유 우리 순둥이 도련님, 깐깐시런
서울 여자랑 어찌 사노.' 나는 농담을 가장한 그런 말들과 '희

진이 엄마가 걱정돼서 그렇지'로 시작되는 걱정을 빙자한 말들 속에서 엄마가 내게 끝끝내 숨기고자 했던 우리 가족의 진짜 문제들을 알아챌 수밖에 없었다.

'막내여서 다행이지 맏며느리였음 어쩔 뻔했노.' '자꾸 아가 떨어져서 우짜노. 아 밴 여자가 조심성이 없어가…… 여자란 항시 몸조심을 해야 하는 기야.' 엄마는 웬만한 말에는 별다른 표정 변화가 없었지만 그런 말이 나오면 얼굴이 붉어지고 사람들과 제대로 눈을 맞추지 못했다. 꼭 무슨 죄라도 지은 사람처럼.

그런 일이 반복되던 열두 살의 여름밤이었다.

그날은 아빠의 출장 날이었다. 아빠는 그즈음 출장을 자주 다녔는데 그런 날이면 우리는 밖에서 저녁을 먹었다. 아빠는 외식을 돈 낭비라고 생각했다. 집에서 편하게 먹을 수 있는데 왜 돈을 쓰느냐고 했기 때문에 우리 가족은 아주 특별한 날이 아니고서는 외식을 할 수 없었다. 아빠가 출장을 가고 나면 이모와 나는 버스를 타고서 엄마의 회사가 있는 을지로로 갔다.

엄마는 건물 밖에서 기다리고 있는 우리를 발견하고는 과장되게 손을 흔들며 뛰어오곤 했다. 그러고는 우리를 근방의 음식점으로 데리고 갔다. 이모의 만류에도 엄마는 빈속에 술을 고집했다. 중국집에서는 고량주를, 돈가스집에서는 맥주를, 동태찌개집에서는 소주를 마셨다. 우리는 배부르게 밥을 먹은 뒤 서점에 들러 책과 사람들을 구경했다. 집에 돌아와 씻고 나서는 각자의 방에서 요와 이불을 가지고 나와 거실에 나란히 누웠다. 그게 아빠가 출장을 갈 때면 반복되던 우리만의 일과였다.

그날 나는 소파 쪽을 바라보며 자고 있다가 중간에 잠에서 깨어났다. 모기향 타는 냄새가 났고 선풍기가 돌아가는 소리가 들렸다. 선풍기 바람이 거슬릴 정도로 더는 밤의 열기가 느껴지지 않는 늦여름 밤이었다. 며칠 전까지만 해도 요란하던 매미 소리도 들리지 않았다.

나는 눈을 감은 채로 엄마가 우는 소리를 들었다. 엄마는 애써 울음소리를 죽이면서 휴지에 조심스레 코를 풀고 있었다. 곧이어 누군가가 버튼을 눌러 선풍기를 껐다.

"희진이 아빠가 그런 일이 있을 때마다 시어머니한테 자꾸 전하니까……"

나는 잠에서 완전히 깨어났다.

"그 사람들한테 신경 끄고 네 몸이나 돌봐."

"내 몸? 아무도 그런 거에 신경 안 써. 희진이 아빠도."

엄마의 떨리는 목소리에 실린 분노가 그대로 내 마음에 전해졌다.

"그러니까 너라도 널 신경쓰라는 말이야."

그렇게 말하고 이모는 작은 목소리로 뭐라고 속삭였다. 심장이 빠르게 두근거렸다. 심장 소리 때문인지 이모의 다음 말을 제대로 들을 수가 없었다. 나는 더 집중해서 이모 쪽으로 귀를 기울였다.

"여섯 번?"

엄마의 목소리였다.

"마지막 유산은 위험했어. 또 이런 일이 생기면 그때는 내 목숨을 보장할 수 없을 거라고 의사가 말했지. 다시는 임신해서는 안 된다고. 하지만 남편은 개의치 않았어. 수술한 지 얼마 되지 않았는데 내게 와서는……"

이모는 말을 잇지 못했고 얼마 지나지 않아 엄마가 훌쩍이는 소리가 들렸다.

"나는 그런 식으로 죽고 싶지 않았다. 의사에게 찾아가서 다시는 아이를 가질 수 없게 해달라고 했지. 그 집에서 쫓겨날 건 알고 있었어……"

한동안 엄마와 이모의 숨소리, 멀리서 오토바이가 지나가는 소리만이 들렸다.

"……나는 언니가 살아 있어서 좋아."

"……"

"언니더러 틀렸다는 사람들은 잊어."

"너도 잊어. 그따위 말들."

"응."

엄마와 이모의 대화 소리는 차츰 잦아들면서 깊은 숨소리로 바뀌었다. 퓨, 퓨우, 퓨, 퓨우. 그 소리가 너무 똑같아서 누구의 것인지 분간할 수 없었다. 나는 두 사람의 숨소리를 들으며 조금 전의 대화를 가만히 복기했다. 대화의 내용을 정확히 이해하지 못하는 것과는 별개로 나는 어른들의 역동하는 감정을 마주했다는 사실 자체에 압도되었다.

그다음 날에도 변한 건 없었다. 이모와 엄마는 전날 아무 일도 없었던 것처럼 일상적인 대화를 나누며 평소와 똑같이 행동했다. 이모는 아침을 차려서 우리에게 밥을 먹였고 엄마는 출근하고 나는 수영장에 갔다.

나는 수영을 할 때면 늘 내가 느리게 나는 새라고 상상했다. 머리와 팔과 다리에 느껴지는 물이 축축한 공기라고 생각했다. 하지만 나는 그날 처음으로 그런 상상을 하지 못했다. 여러 번 코로 물을 마셨고 다리에 힘이 빠져 몇 번이고 뒤떨어지는 바람에 선생님에게 킥판으로 엉덩이를 맞았다. 코는 맵고 시렸고 한쪽 귀에는 물이 들어가서 빠지지 않았다. 한쪽 다리로 서서 뛰어봐도 소용이 없었다. 웅웅거리는 소리를 들으며 집으로 걸어가는데 눈물이 났다.

이모가 현관문을 열어주자마자 나는 이모의 품에 덥석 안겼다. 이모는 차마 나를 안지 못하고 엉거주춤 서 있다가 마치 작은북을 울리듯 두 손으로 내 등을 조금씩 두드렸다. 나는 이모를 더 꽉 안았다. 그제야 이모도 내 등에 팔을 둘렀다. 아무것도 묻지 않은 채로. 그러자 내 체온으로 데워진 뜨거운 물이 한쪽 귀에서 흘러나왔다.

3

내가 중학교에 들어가면서 우리 가족은 비행기 소음이 없는 동네로 이사했다. 이십사 평짜리 집에서 삼십이 평짜리 집으로 이사하자, 어린 내 마음에는 우리 가족이 갑자기 부자가 된 것 같았다. 새로 살게 된 집은 지어진 지 얼마 되지 않은 새 아파트이기도 했다.

그 이사가 그 전해에 돌아가신 할아버지와 관련이 있다는 것을 나는 나중에야 알게 됐다. 일평생 딸들에게 인색했던 할아버지는 꽁꽁 숨겨뒀던 땅을 돌아가시면서 딸들에게 상속할 수밖에 없었다. 엄마와 이모는 땅을 판 돈을 나누어 가졌다. 엄마는 그때를 회상하면서 그때까지만 해도 수중에 노후 자금이 남아 있었다고 말하곤 했다. 때로는 차라리 땅을 받지 않았다면 모든 것이 수월했을지도 모른다고 푸념하기도 했다.

나는 중학생이 되고 독서실에 다니기 시작했다. 이모가 중학교 3학년 때 학교를 관둬야 했다는 말을 들은 것도 그즈음이었다. 엄마는 그 말을 하면서 내가 혹시나 실수할까 봐 알려 주는 거라며, 이모에게 결코 내색해서는 안 된다고 당부했다.

그리고 얼마 지나지 않아서였다. 독서실에서 돌아와 이모 방에 갔는데 이모가 책상에 앉아 있었다. 이사하면서 이모가 새로 산 책상이었다. 더 큰 평수로 이사했지만 이모의 방은 커다란 장롱과 행거, 5단짜리 서랍장, 책장에다 책상까지 들여 별로 넓어지지 않은 것 같았다. 가까이 다가가서 보니 이모는 스탠드를 켜놓고 수학 문제를 풀고 있었다. 내가 보고 있다는 걸 알면서도 이모는 계속해서 문제를 풀어나갔다.

"이모 뭐 해?"

"공부."

그 말에 어떻게 대답해야 할지 알 수 없어서 나는 입을 다물었다. 이모가 중학교를 마치지 못했다는 사실을 알고 있다는 걸 들킬까 봐, 그래서 이모를 괴롭게 할까 봐 두려웠다. 이모는 돋보기를 쓴 눈으로 가만히 나를 올려다봤다.

"왜."

대수롭지 않은 척 묻는 이모의 귀가 붉었다.

"아니…… 그냥."

이모가 펜을 내려놓고 나를 바라봤다.

"내가 공부하는 게 이상해? 너, 짝다리."

나는 다리를 바로 했다. 이모는 내가 짝다리 짚는 걸 싫어했다.

"졸업도 할 거야."

그 말을 할 때 이모는 내 얼굴을 바라보지 않았다. 그때 이모는 예순을 앞두고 있었다.

이모는 검정고시 학원에 다니면서 나보다 더 일찍 중학교 과정을 마쳤다. 잠을 줄여가면서 밤마다 숙제를 했고 메모장을 만들어서 단어나 공식 같은 걸 적어두고 외웠다. 하지만 내게 뭔가를 물어본 적은 없었다. 내가 중학교 3학년을 마무리할 때쯤 이모는 고등학교 과정을 시작했다.

그해 겨울방학에 이모는 나를 남대문시장에 데려갔다. 평일 오후였는데도 시장은 사람들로 북적였다. 이모는 매대에 놓인 물건들을 특유의 냉정한 표정으로 바라봤다.

　골목 구석구석을 돌아다니던 이모는 어느 건물에 다다라서 거침없이 지하로 내려갔다. 작은 가게들이 다닥다닥 붙어 있었고 가게마다 물건이 가득 차 있었다. 나는 사람들과 어깨를 부딪치지 않으려고 애쓰며 걸었다. 군복 가게, 속옷 가게, 주방용품 가게 등을 지나서 이모는 한 가게 앞에 멈춰 섰다. 입구 주위로 물건이 쌓여 있어서 우리는 한 명씩 안으로 들어갔다. 그곳은 미제 과자 가게였다. 양철통과 종이 상자에 과자가 들어 있었고, 사탕과 젤리, 인스턴트커피 같은 것이 쌓여 있었다. 그 물건들 한가운데에 여든도 넘어 보이는 백발의 노인이 앉아 있었다. 노인은 인상을 쓰고 우리를 바라보더니 입을 열었다.

　"커피 줄까."

　"아뇨. 방금 마셨어요."

　"밥은."

　"먹었어요."

　이모가 그렇게 말하고 노인 옆에 앉았고 나는 맞은편 플라스틱 의자에 앉았다. 노인이 서랍에서 종이컵 두 개를 꺼내더니 깡통에서 갈색 가루를 한 숟가락씩 떠서 넣었다. 베이지색 보온병의 동그란 뚜껑을 누르자 김과 함께 뜨거운 물이 나왔다. 노인은 티스푼으로 가루를 살살 저어서 나와 이모에게 건넸다. 핫초코였는데 스티로폼 같은 흰 알갱이가 둥둥 떠 있었다.

　"그거 마시멜로야. 먹으면 돼."

이모의 말을 듣고 나는 천천히 핫초코를 마셨다. 뜨겁고 달고 진한 맛이 났다. 내가 지금껏 먹어본 핫초코 중에 가장 맛있었다. 노인은 나를 유심히 쳐다보더니 내가 컵을 비우자 매대 위의 과자 상자 하나를 뜯어서 내밀었다. 커다란 설탕 알갱이가 박힌 버터 과자였는데 한입 베어 물자 한 번도 먹어본 적 없는 진한 맛이 났다.

"그래서 넌 어떻게 사는데."

"잘 살죠."

"먹고살 돈은 좀 있나."

"그럼요. 넉넉하죠."

"애는 누군데."

노인이 턱으로 나를 가리켰다.

"제 동생 숙경이 기억나시죠?"

이모는 그렇게 말하고 노인을 뚫어지게 바라봤다.

"걔 딸이에요. 똑똑해서 하나를 가르치면 열을 아는 애예요."

"그래?"

노인은 그렇게 말하고 이모에게 사탕을 건넸다. 이모는 사탕을 입에 넣고 아무 말도 하지 않았다. 이모에게 익숙한 곳 같았지만 편안해 보이지는 않았다. 나는 옆 가게에서 흘러나오는 라디오 소리와 사람들이 지나가는 소리를 들으며 가게에 걸린 간판을 확인했다. '레인보우 캔디'라는 상호가 적혀 있었다. 노인은 두리번거리면서 물건들을 둘러봤다. 우리에게 뭔가를 더 주고 싶어하는 눈치였다.

"갈게요."

이모가 자리에서 일어나자 노인이 손을 뻗어서 사탕과 초콜릿 같은 것들을 비닐봉지에 담았다.

"가져가."

"됐어요. 건강에 좋은 것도 아니고. 이만 썩지."

그러자 노인도 더는 권유하지 않았다.

"또 놀러 와."

"계세요."

이모는 한 번도 돌아보지 않고 걷기 시작했다. 나는 이모가 그 가게에서 어떤 감정적인 동요를 느꼈음을 알았다. 우리는 아무런 말도 하지 않은 채 다시 일층으로 올라왔다. 이모가 잠깐 쉬었다 가자며 로맨스라는 이름의 커피숍으로 들어갔다. 이모는 내게 바나나주스를 시켜주고 자기는 생강차를 시켰다. 차가 나왔는데도 이모는 눈을 감고 소파에 기대 있었다. 잠깐 잠이 들었던 것도 같았다.

"아까 그 할머니 누구야?"

나는 눈을 감고 있는 이모를 바라보며 물었다.

"그 가게 주인."

"아니, 이모랑 무슨 사이냐고."

"내가 예전에 일하던 가게 사장이야."

그렇게 말하고 이모가 눈을 떴다.

"이모가 거기서 일했던 거야?"

"응. 예전엔 규모가 더 컸어. 미군 부대에서 떼와서 대량으로 파는 것도 많았고."

"얼마나 일했어?"

"숙경이가 좀 크고 나서부터 나갔으니까⋯⋯ 한 십오 년쯤. 정신없을 때였어. 장사가 워낙 잘되기도 했고."

이모가 그런 식으로나마 자신의 이야기를 한 건 처음이었다.

"얼마나 지독한 사람이었는지⋯⋯ 그러면서도 내가 자기 덕에 먹고살았다고 생각하지. 내가 참 싫어했어, 그 사람."

이모는 천천히 말을 이었다. 노인이 화장실도 못 가게 해서 매번 오줌을 참다가 방광염에 걸렸던 일, 연속 근무를 하면서도 밥조차 제대로 먹지 못했던 일, 가게에 따라온 일곱 살짜리 엄마에게 노인이 싸구려 사탕 하나도 쥐여주지 않았던 일, 과자 상자에 얹은 엄마의 손을 먼지떨이로 탁 쳤던 일⋯⋯

"그때야 다 그랬다지만⋯⋯ 다 그랬던 건 아니야."

이모는 그렇게 말하고 쓸쓸하게 웃었다. 이모는 자신이 부당한 대우를 받은 일에 대해서는 담담하게 말하다가도 엄마와 관련된 이야기를 할 때면 마치 그때로 돌아간 것처럼 괴로운 표정을 지었다. 이모는 남대문에 오면 그 가게에 가서 여전히 노인이 있는지 확인하는 것이 습관이 되었다고 했다. 자기도 그 이유를 모르겠다고, 나쁜 버릇 같은 거라고, 하지만 가게 안까지 들어간 건 오랜만이라고 했다. 이모는 그 이야기를 아이가 아니라 어른에게 하는 것처럼 내게 했다. 나를 꼭 자신과 같은 어른으로 대해주는 것 같았다.

"오늘은 왜 들어갔어?"

"널 자랑하고 싶었나 보지."

이모는 그렇게 말하고 어깨를 으쓱 올렸다.

"날 뭘 자랑해."

그렇게 말하자 이모는 날 가만히 바라봤다. 나는 이모의 시선을 못 본 척 창밖으로 고개를 돌렸다. 흐린 하늘 아래로 오토바이들이 소리를 내며 질주하고 있었다.

그 겨울에 아빠는 이미 일 년간 일을 놓은 상태였다. 엄마는 퇴근하고도 쉬지 못했다. 이모와 함께 저녁상을 치우고 설거지를 하고 빨래를 했다. 엄마와 이모는 예전보다도 더 집안일에 힘을 쏟고 아빠의 눈치를 살폈다. '이런 때일수록 남자 자존심 상하게 하면 안 돼.' 엄마는 종종 그런 말을 하곤 했다.

지금 돌이켜 생각해보면 아빠를 향한 이모의 태도에는 언제나 존경심이 담겨 있었다. 아빠가 한 회사에 오래 다니지 못하고 실직과 구직을 반복하는 동안에도, 어느 순간 사업을 시작한 아빠가 그토록 많은 실패를 하고 엄마가 받은 유산마저 날린 후에도, 그리고 길고 긴 시간이 지난 후에도 이모는 아빠에 대한 존경심을 잃지 않았다. 그리고 그 존경심의 바탕에는 아빠가 서울대를 졸업한 사람이라는 사실이 있었다.

반면 이모를 대하는 아빠의 태도는 달랐다. 아빠는 기본적으로 자기보다 나이가 많은 사람들에게 깍듯했다. 고작 한두 살 많은 아저씨들에게도 형님, 선생님 했고 그들의 아내들에게는 형수님, 사모님 하면서 정중히 대했다. 이모는 아빠보다 열일곱 살이 많았다. 하지만 이모를 대하는 아빠의 태도에는 늘 엷은 무시가 깔려 있었다.

그즈음 아빠와 함께 상가 앞을 지나가다 계단 청소를 하는 사람을 봤다. 이모 또래의 여성이었는데 허리를 구부린 채 솔로 계단을 하나하나 문질러 닦고 있었다.

"저건 건물주 문제야. 계단이 뭐라고 어르신이 일일이 닦게 하나……"

아빠는 혀를 차며 말했다. 집안에서는 숟가락 하나도 자기 손으로 챙기지 않으면서, 엄마나 이모가 집에 없으면 밥통에 밥이 있어도 상을 차리지 않으면서, 늘 누군가 닦아놓은 변기를 사용하면서 아빠는 그렇게 말했다. 쪼그리고 앉아 바닥을 걸레질하는 이모를 멀뚱히 바라보던 아빠의 얼굴이 떠올라서 나는 마음이 차가워졌다.

이모와 아빠는 친밀한 사이는 아니었지만 크게 불편한 사이도 아니었다. 하지만 언젠가부터 두 사람 사이에는 예전과는 다른 감정이 흘렀다. 말싸움을 하거나 대놓고 분위기가 적대적인 건 아니었지만 그들의 눈빛과 대화에서 나는 뭔가가 달라졌다는 걸 눈치챌 수밖에 없었다.

그날은 중간고사가 끝난 열여덟 살의 봄이었다. 일요일 저녁이었고 우리는 평상시처럼 별다른 말을 하지 않고 밥을 먹었다. 술을 즐기지도, 잘하지도 못했던 아빠가 그날따라 소주를 마시던 기억이 난다. 식사가 다 끝나갈 무렵 이모가 맞은 편에 앉은 나를 보더니 입을 열었다.

"희진이 있는 데서 말하는 게 나을 것 같아."

"언니."

"이제는 내가 이 집을 나갈 때가 된 것 같아."

이모가 내게서 시선을 떼지 않은 채 말을 이었다.

"희진이 방학 시작할 즈음 이사할게."

"그게 무슨 말이야? 이모가 어딜 가."

이모가 무슨 말을 하려는데 아빠가 끼어들었다.

"그래요, 처형. 가세요. 언제까지고 이렇게 살 수는 없는 노릇이고."

아빠가 낮은 목소리로 말했다. 세 사람의 대화를 들으며 나는 어른들끼리 이미 이 문제에 대해 이야기해왔다는 걸 알아챌 수 있었다.

"언니, 그러지 말고 다시 생각해봐."

"충동적인 결심 아니야. 이게 우리 모두를 위한 일이라고 생각했어."

"우리 모두요?"

아빠가 이모에게 되물었다.

"처형이 그렇게 우리 모두를 생각하시는 분인 줄은 몰랐네요."

"여보."

아빠를 부르는 엄마의 목소리가 작게 떨렸다.

"저는요, 처형이 어려웠을 때 외면하지 않았습니다."

"그래서 내가 감사라도 해야 하는 건가? 날 거둬 먹여줬다고?"

"언니!"

"날 염치없는 사람 취급하지 말게."

"그런 적 없습니다. 처형은 그저……"

"당신, 이제 그만해요."

"처형은 그저 냉정한 사람일 뿐이지요. 하나뿐인 동생이 도와달라고 해도 뿌리칠 수 있는. 처형이 그때 조금만 도와줬더라면 우리가 이렇게 무너지지는 않았을 겁니다."

이모는 그대로 자리에서 일어나 방으로 들어갔다. 아빠는 두 손으로 머리를 감싸고 식탁에 기대어 앉았고 엄마는 물끄러미 벽 쪽을 바라봤다. 나는 그때까지 어른들이 싸우는 모습을 본 적이 거의 없었다. 게다가 이런 식으로 서로의 바닥을 보이며 싸우는 모습을 본 건 그날이 처음이었다. 나는 아무것도 묻지 못한 채로 설거짓거리를 싱크대로 가져간 뒤 자리를 치웠다. 엄마와 설거지를 마치고는 평소처럼 숙제를 했다. 어른들 사이의 긴장감이 너무 높아서 내가 끼어들 수 없다고 여겼던 것이다. 하지만 하룻밤 자고 일어나니 어쩐지 전날의 갈등이 일시적인 것일지도 모른다는 생각이 들었다. 이모는 어쩌면 자신을 잡아주기를 바라고 있을지도 모른다는 희망도. 나는 이모를 따라다니며 보채기 시작했다.

'이모 왜 그러는 거야.' '왜 계속 같이 살 수 없는 건데.' '이모 없이 나는 어떻게 살라고.' '어떻게 나한테 상의 한번 하지 않고 이럴 수 있어?'

그때의 나는 내가 이모에게 그런 말을 할 자격이 있다고 생각했다. 이모는 나를 설득하지도 달래지도 않았다. 하지만 이모가 떠나기 며칠 전, 물건들을 정리하는 이모에게 '이모는 내가 안중에도 없어?'라고 화를 냈을 때 이모는 어느 때보다도 차가운 표정으로 나를 보며 말했다.

　"네가 아무리 말해도 달라지는 건 없어."

　이모는 그렇게 말하고 계속해서 짐을 쌌다.

　"속 시원하겠네. 이제 조카 키우는 짐 덜어서."

　아니야, 라는 대답을 듣고 싶어서 한 말이었다.

　"그래. 이제 나도 좀 편하게 살려고."

　이모가 나를 똑바로 보고서 말을 이었다.

　"그러니까 시끄럽게 굴지 말고 네 방으로 가."

　나가라는 손짓을 하며 이모가 말했다.

　나는 방으로 돌아와 책상에 앉아 울면서 이모를 영원히 용서하지 않을 것이라고 다짐했다. 결코 이 일을 잊지 않을 것이다. 내가 죽을 때까지 지금 이 순간 이모에게 느끼는 증오심을 조금도 버리지 않고 간직할 것이다. 나는 나 자신에게 약속하고 또 약속했다. 이모가 죽어도 눈물 한 방울 흘리지 않을 것이다. 차라리 이모가 죽었으면 좋겠다. 저런 사람이라면, 저렇게 내 마음에 고통을 주는 사람이라면 세상에서 사라지는 편이 낫다.

　요즈음 나는 거울에 비친 내 모습을 보며 종종 놀라곤 한다. 사십 년 동안 자주 사용한 얼굴 근육은 나를 이모와 비슷한 종류의 사람으로 보이게 한다. 얼굴이 말해주는 그대로, 나는 완고한 어른이 되었다.

4

엄마는 이모가 할아버지의 유산으로 성북구의 오래된 주택을 매입했다고 소식을 전했다. 그곳에 하숙을 쳐서 젊은 하숙생들이 세 명 정도 된다고 했다. 엄마는 이모가 아빠 사업에 돈을 보태지 않아 다행이라고 덧붙였다. 이모가 집도 있고 노년에 돈벌이도 할 수 있어서 다행스럽다고. 엄마는 이모가 우리와 떨어져 살고 싶어하는 그 마음도 존중해야 한다고 내게 말했다.

이모가 떠난 방에는 김치냉장고가 들어갔고, 담금주 병들과 청소기, 잡동사니들이 쌓이기 시작했다. 이모의 손이 닿지 않은 집안은 더러워졌다. 곳곳에 뿌옇게 먼지가 앉았고 욕조에는 분홍색 물때가 꼈다. 아빠의 오줌 자국이 변기 커버에 그대로 말라붙어 있을 때도 있었다.

그즈음 엄마는 내게 핸드폰을 사줬다. 엄마는 야근하는 날이면 아빠 밥상을 차리라고 문자를 보냈다. 나는 엉성한 솜씨로나마 계란말이를 하고 엄마가 끓여놓은 국을 데우고 반찬을 꺼내서 밥상을 차렸다. 아빠는 밥을 먹는 내내 한마디도 하지 않았고 다 먹고 나서는 아무것도 치우지 않고 방으로 들어갔다. 그런 일들에 나는 점점 지쳐갔다.

나는 더는 돌봄을 받아야 할 존재도 아니었지만, 온전히 자기 힘으로 설 수 있는 능력도 없었다. 아무도, 나를 포함한 누구도 나를 좋아한다는 느낌을 받지 못했다. 지금과는 달라져야 한다고, 달라지고 싶다고 생각하면서도 어떻게 달라져야 하는지 알지 못했고, 무엇을 하든 어설프고 우스꽝스러울 거라는 확신만 들었다. 나는 일평생 이모의 짐이자 장애물이었다. 그런 생각을 하면 나도 모르게 눈물이 고였다.

이모는 어려서부터 내가 뭐든 할 수 있고 뭐든 될 수 있다고 말하곤 했다. 이모는 그 말을 과학적이고 객관적인 사실을 말하는 것처럼 얘기했다. 그 말이 얼마나 큰 부담으로 다가왔는지 이모는 끝까지 알지 못했을 것이다. 이모가 내게서 봤던 무한한 가능성이라는 것이 내게는 무엇보다도 큰 공포였다는 사실을. 이모는 종종 '내가 너라면……'이라고 말을 꺼내고는 끝까지 잇지 못했다. 그 목소리에는 옅은 분노와 함께 어떤 질투가 담겨 있었다.

이모가 떠나고 일 년도 지나지 않아 우리는 십삼 평짜리 아파트로 이사했다. 삼십이 평짜리 아파트를 팔아서 메워야 할 구멍이 생긴 것이다. 이모 방에 있던 커다란 장롱은 우리의 새집으로 들어오지 못했다. 내 침대도, 김치냉장고도, 거실 소파도, 마호가니 식탁도 모두 마찬가지였다. 나는 현관 앞 작은 방을 썼고, 엄마와 아빠는 거실과 현관 복도 사이의 미닫이문을 닫아 거실을 방처럼 사용했다. 엄마의 인내심이 무너져내린 시점도 그때였던 것 같다. 엄마와 아빠는 그 무렵부터 제대로 된 대화를 하지 않았고 아빠는 자주 집을 비웠다. 나는 엄마와 아빠가 차라리 헤어지기를 바랐지만 두 사람은 이혼을 상상하지 못했다. 그렇다면 내가 떠나야 한다는 생각이 들었다.

그즈음 공군사관학교에 관한 정보를 들었다. 어려서부터 하늘을 나는 것들을 동경했고 가슴이 답답할 때는 새가 되어 날아다니는 상상을 하기도 했지만, 무엇보다도 그때의 나에게는 등록금도 필요 없고 품위 유지비까지 나온다는 말이 유일한 희망으로 다가왔다. 나는 안정과 독립에 대한 갈급함으로 입시에 매진했다. 고통스러울 정도로 나를 몰아세우자 놀랍게도 나를 아프게 하는 생각의 소리가 점점 줄어들었다. 그건 가학적으로 귀를 막으면서 진짜 문제들을 뒤로 미루는 방식이었지만, 당시의 나는 내가 꽤 잘해내고 있다고 믿었다.

사관학교 입시를 준비하면서 나는 노트에 결심을 적어놓았다.

사관생도가 될 것. 군인이 될 것.

누구에게도 약한 모습을 보이지 않을 것. 나의 나약함과 싸워 이길 것.

절제할 것. 사람에게 기대거나 기대하지 않을 것. 자신에게 누구보다도 엄격할 것.

사관학교에 들어간 후, 나는 '사관생도가 될 것'이라고 쓴 문장에 줄을 그었다. 그리고 다른 문장들은 그대로 남겨두고 아침마다 속으로 되뇌었다.

집을 벗어나고 싶어서, 등록금과 생활비를 걱정하고 싶지 않아서 그런 선택을 했다고 나는 오래 믿어왔다. 하지만 시간이 지나면서 그 선택에 그런 이유만으로는 설명할 수 없는 부분이 있다는 느낌을 받았다. 생도 시절의 나는 그저 과정을 통과하기 위해서만 훈련을 받지 않았다. 내 수준에서 해낼 수 있는 최고의 결과보다 더 뛰어난 결과를 스스로에게 요구했다. 몸은 힘들었지만 정신력으로 몸과 행동을 통제할 수 있다는 기분이 좋았다. 더 나은 존재가 되어간다는 고양감에는 중독성이 있었다.

훈련을 두려워하고 힘겨워하는 동기들의 모습이 거슬리기도 했다. 나는 아무데서나 눈물을 보이고 하소연하는 동기들을 멀리했다. 그런 나약함이 꼭 내게 전염될 것 같아서 두려웠다. 나는 경제적으로나 감정적으로나 누구에게도 결코 아쉬운 소리를 하지 않고 완전히 독립해야 했으며 내가 선택한 일에 대해서는 백 퍼센트 책임을 질 수 있는 어른이 되어야 했다. 그래야만 겨우 나를 미워하지 않을 수 있을 것 같았다.

"군인은 너 같은 애들이 되는 건가 봐."

1학년을 마치고 자퇴를 결정한 동기가 방을 빼며 말했다. 나 같은 애들. 나는 설명을 요구하지 않았지만 그애는 말을 이었다.

"너도 감정이라는 게 있어? 성공하겠지, 넌. 그래도 난 너처럼 살고 싶진 않아."

"그래."

나는 그렇게 답하고 자리를 떴다. 나처럼 살고 싶지 않다고? 멋대로 나를 판단했다고 분노하면서도 나는 그애의 말에 마음을 다쳤다. 그 말에 동의했기 때문이다.

엄마는 내가 의젓하게 내 길을 찾아가서 기쁘다고 했다. 내가 반항 한번 하지 않고 유순하게 사춘기를 넘겼다면서 다시 없을 효녀라고 했다. 그런 인정을 받으면 기쁠 거라고 상상했던 적도 있었지만 정작 그 말을 들었을 때는 그저 공허하기만 했다. 내가 다른 모습이었다면, 대학에 합격하지 못했거나 큰 실패를 했다면 엄마가 실망했으리라는 걸 알았으니까. 나는 간신히 그 실망을 비켜간 것이다.

돌아보면 그 시절 내가 가장 두려워했던 건 나의 공포와 분노를 마주하는 일이었다. 그러지 않기 위해 나는 쉽게 겁내지 않고, 사소한 일에는 동요하지 않는 모습을 연출했다.

이모와 만나지 않고 지냈던 그 시절에 나는 자주 이모를 떠올렸다. 처음으로 비행기를 조종한 날, 높은 고도의 비행에 성공한 날, 근무지 부대로 이사를 간 날, 깊은 잠에서 문득 깨어나는 순간들마다 나는 이모의 시선으로 나를 바라봤다. '이모, 이 정도면 만족해?' 세수한 뒤 수건으로 얼굴의 물기를 닦고 거울을 보면 그곳에 이모와 닮은 내가 나를 바라보고 있었다.

5

스물다섯, 공군 소위로 임관한 지 이 년 차가 되었을 때 나는 애써 조정해놓은 마음의 균형을 잃어가고 있었다. 자주 악몽을 꿨고 사소한 일에도 짜증이 났다. 일을 마치고 돌아오면 아무것도 할 수가 없었다. 내가 납득할 수 있는 특별한 이유가 없었기에 더 괴로웠다. 지금에 와서 생각해보면 당시의 나는 정신적으로 완전히 고갈되어 있었던 것 같다. 자다 깨다를 반복했고 신경이 극도로 예민해져서 누군가 실수로 어깨를 치고 가도 참을 수 없는 분노가 일었다. 그 시기에 이모를 다시 만났다.

이모를 보지 못한 칠 년 동안 나는 이모를 향한 그리움을 조금씩 지워갔다. 이모를 다시 볼 수 없을지도 모른다고도 생각했다. 영문도 모르는 채로 그저 받아들여야 하는 삶의 몇몇 사건들처럼. 그건 가슴 아픈 체념이었다. 그래서 이모가 나를 찾아오겠다고 전화했을 때 나는 반가움보다는 그렇게 일방적으로 나를 대하는 이모에 대한 미움을 먼저 느낄 수밖에 없었다.

이모를 만나기로 한 날 한파주의보가 내렸다. 운전해서 터미널에 마중을 가는데 차가 흔들릴 정도로 강풍이 불어왔고, 창밖으로 보이는 호수는 얼어붙어 있었다. 날씨 때문이었는지 이모가 탄 시외버스는 삼십 분을 연착했다. 이모는 다른 승객들이 모두 내린 후에 마지막으로 버스에서 내렸다.

이모는 겨울마다 입던 회색 헤링본 코트를 입고 있었다. 옷이 조금 커 보였는데 몸집이 작아져서 그런 것 같았다. 이모는 내 기억보다도 더 작아 보였다. 그렇게 작은 노인이 한파주의보가 내린 날씨에 얇고 낡은 코트를 입고 있는 모습이 비현실적으로 느껴졌다. 이모와 가까워질수록 이모에 대한 그리움이 다시 일었다. 나는 내색하지 않고 이모에게 다가가서 손을 내밀었다. 이모는 내 손을 마주잡았다가 곧 놓았다. 따뜻한 버스에서 나왔는데도 이모의 손은 밖에 있던 나보다 더 차가웠다.

"오느라 고생 많았어. 차로 가자."

나는 그렇게 말하고 이모의 코트를 잡아끌었다. 이모는 별 말 없이 나를 따라와 차에 올라탔다. 나는 히터를 켜고 뒷자리에서 담요를 가져와 이모의 무릎 위에 덮어줬다. 그러는 동안 이모는 천천히 차 내부를 둘러보고 있었다.

"하필이면 오늘이 올해 들어서 가장 추운 날이래."

"추워야 겨울이지."

이모가 그렇게 답하고 마른기침을 했다. 나는 조수석 서랍에서 핫팩 두 개를 꺼내 이모에게 건넸다. 이모는 아무 말 없이 핫팩을 받아서 두 손에 꼭 쥐었다. 이모는 나를 똑바로 바라보지 않았다. 자세히 뜯어보지 않아도 이모의 얼굴에는 칠 년이라는 시간이 지나간 흔적이 선명했다.

차는 천천히 터미널을 빠져나갔다. 이모는 고개를 돌려 창밖을 바라봤다. 내가 라디오를 틀자 이모는 시끄럽다면서 꺼달라고 했다. 다시 침묵이 흘렀다. 얼마 안 돼 우리는 번덕스

러운 날씨와 물가, 내가 사는 P시에 대한 피상적인 대화를 나
누며 팥칼국숫집으로 향했다. 그런 잡담을 나누면서도 대화
가 계속 어긋난다는 느낌이 들었다.

우리는 호수가 보이는 자리에 앉았다. 가까운 테이블에 젊
은 남자 넷이 앉아서 파전에 소주를 마시고 있었다. 오후 한
시밖에 되지 않았는데도 빈 소주병이 가득했고 모두 기분이
좋은지 목소리가 컸다. 이모는 인상을 쓰며 그쪽을 바라보다
가 입술을 깨물었다. 우리는 별다른 말 없이 창밖을 바라봤
다. 얼어붙은 호수와 바람이 불 때마다 요란하게 흔들리는 빈
나뭇가지들을.

팥칼국수가 나오자 이모는 숟가락으로 국물을 휘휘 젓더니
국물이 너무 묽다고 소리 내어 불평했다. 나는 대꾸하지 않은
채 국수를 먹었다. 이모의 불평과 다르게 국물은 적당히 되직
했고 면도 쫄깃했다. 그 지역에서 가장 유명한 팥칼국숫집이
었으니까. 하지만 얼마 먹지 않았는데도 더 들어가지 않아서
나는 젓가락을 내려놨다. 웃풍이 불어서 발이 시렸다.

"그렇게 안 먹고서 기운이 나냐."

"아침 많이 먹어서 그래."

"넌 거짓말을 참 어설프게 해. 왜 그런데?"

나는 조금 망설이다가 사실을 털어놓았다.

"요즘 잠을 잘 못 자서……"

"별것도 아닌 거야."

이모는 내 말이 끝나기도 전에 그렇게 답했다. 내 얼굴을 쳐

다보지도 않은 채로. 자신이 듣기 싫은 말을 들을 때 이모는 항상 그런 식으로 굴었다. 그걸 잘 알았으면서 나는 뭘 기대했던 걸까. 한번쯤은 내가 던진 공을 받아주기를 바랐던 걸까. 그럴수록 이모는 공을 더 세게 쳐내고 난 그 공에 맞을 텐데도. 이모가 어떤 사람인지는 잘 안다고 생각했다. 하지만……

"맞아. 별것도 아닌 거야. 근데 이모, 그 말은 나만 할 수 있는 거야."

이모는 창밖으로 고개를 돌렸다. 내가 꼭 그 자리에 존재하지 않는 것처럼. 그 모습을 보고 있자니 묵은 상처들이 고개를 들었다. 그런 순간의 감정을 나는 잊고 있었다. 좋은 것만 기억하려고 하면서, 내가 이모와 비슷한 환경에 놓였다면 이모보다 더 나은 인간이 되지 못했을 거라고 이모를 이해하려고 하면서. 그것이 이모에 대한 나의 사랑이라고 생각했다. 하지만 이모는 가장 기본적인 수준의 공감조차도 하지 않으려 했다. 최소한의 노력조차 하지 않았다. 나는 다시 냉정한 이모 앞에 선 일곱 살짜리 아이가 된 것 같았다. 분노인지 슬픔인지 알 수 없는 뜨거운 감정이 목을 타고 올라왔다.

"넌 여전하구나."

이모가 그렇게 말하고 한숨을 쉬었다.

"내가 뭘."

이모는 다시 창밖으로 고개를 돌렸다.

그런 이모를 보며 나는 재빨리 마음을 닫았다. 아무것도 느낄 수 없도록 마음을 닫는 일이 내 주특기였으니까. 우리는 시시한 이야기를 나누다가 자리에서 일어났다. 계산하겠다는 이모를 만류하고 밖으로 나오는데, 이모는 서울도 아니면서 무슨 팥칼국수 가격이 이렇게 비싼지 모르겠다고 쓴소리를 했다. 익숙한 이모의 모습이었지만 그날따라 견딜 수 없었다.

우리는 찻집으로 이동해서 데면데면하게 앉아 있었다. 망설이다가 그동안 어떻게 지냈는지 묻자 이모는 자기 집에 사는 하숙생들을 얘기하며 칭찬했다. 그리고 얼마 안 돼 동네 사람들이 무식하다고 냉소적으로 말했다. 슈퍼 앞에서 시간을 보내면서 술이나 마시고, 기본 상식을 모르는 걸 부끄러워하지도 않는다고 했다. 나는 별다른 대답 없이 이모의 말을 들으면서 익숙한 거부감을 느꼈다. 그런 이모는 얼마나 유식하고 얼마나 잘났는데? 그러고는 이모에게 그런 마음을 품었다는 사실에 곧바로 죄책감을 느꼈다.

터미널로 돌아가는 길에는 강풍이 더 심하게 몰아쳤다. 차가 흔들리자 이모는 작게 한숨을 쉬었다. 시내에 가까워졌을 때 이모가 침묵을 깨고 입을 열었다.

"비행기 어디까지 몰아봤는지 궁금하네."

"알래스카."

"거기가 어딘데."

"미국."

"미국……"

이모는 작은 목소리로 내 말을 따라 하더니 한동안 말이 없었다. 얼마 지나지 않아 풍절음이 잦아들자 이모는 다시 입을 열었다.

"처음에 네가 군인 된다고 들었을 때 중간에 관둘 줄 알았다. 네가 마음이 여리잖아."

"아무도 그렇게 생각 안 해."

"너 어릴 땐 네 마음 여린 게 그렇게 불안해서 고치려고 했어."

"그럼 성공했네. 나, 마음이 돌이 됐거든."

예보에 없던 눈이 내리기 시작해서 나는 와이퍼를 켜고 속도를 줄였다.

"오늘 널 보니까 알겠더라. 천성은 고칠 수가 없는 거야. 그런데도 잘 살 수 있는 거야. 아무나 비행기 모나. 그것도 미국까지. 대단한 일이지."

이모가 용기를 내서 말하고 있다는 걸 나는 알았다. 이모는 칭찬하는 법을 몰랐으니까. 이모가 남들 앞에서 나를 자랑한 적은 있지만 내게 직접 칭찬을 해준 적은 거의 없었다. 엄마나 아빠가 사람들 앞에서 겸손의 표시로 나를 깎아내릴 때면 이모는 필사적으로 내 장점을 이야기하곤 했다. 그래서 나는 이모의 마음을 알았다. 이모가 사실은 나를 자랑스러워하고 대견해한다는 걸. 직접적인 칭찬을 하지 않는다고 해도 전해지는 마음이라고 생각했다. 하지만 막상 이모가 그렇게 말하자 목이 메었다.

눈발이 점점 더 거세져서 터미널에 도착할 즈음에는 눈앞이 온통 하얬다. 주차하고 차에서 장우산을 꺼내 이모와 함께 썼다. 우산 안에 나란히 붙어 있으니 이모가 얼마나 작은 사람인지 느껴졌다. 차 시간이 되었을 때 나는 이모에게 우산을 건넸다.

"가져가."

노란 바탕에 흰 물방울무늬가 그려진 우산이었다.

"우산이 참 요란도 하다."

이모는 그렇게 말하면서도 우산을 받았다.

"그리고 밤에 검은 우산은 쓰지 마, 이모. 보이지 않아서 차에 치일 수 있어."

"걱정도 쎘다."

"제발 따뜻하게 입고 다니고."

이모는 고개를 끄덕이고 내게 한 손을 내밀었다. 이모의 손은 여전히 차가웠다. 나는 이모가 버스에 올라타는 모습을 확인하고는 뒤돌아보지 않고 터미널 밖으로 나왔다. 주차장으로 걸어가는 동안 눈발이 점점 더 거세졌다. 커다란 눈송이가 쏟아져 내려서 시야가 온통 환했다. '이모.' 나는 마음속으로 이모를 불러보았다. 이모는 내가 자신과는 전혀 다른 사람이라고 말했지만 그날 나는 이모의 얼굴에서 나의 모습을 봤다. 까다롭고 기준이 높은, 그래서 쉽게 만족하지 못하고 웃음에 인색한 얼굴을.

이모의 얼굴을 보면서 나는 성인이 된 이후로 느꼈던 내 마음을 선선히 인정했다. 내가 거듭해서 이모와 비슷한 표정을 짓고, 결국 비슷한 주름을 얼굴에 새기면서 싫어하는 것들의 목록만 늘려가는 인간이 될까 봐, 자기 상처에 매몰되어 다른 사람의 상처는 무시하고 별것도 아니라고 얕잡아 보는 편협하고 어두운 인간이 될까 봐 겁이 났다는 사실을. 하지만 나는 이미 그런 사람이 되어가고 있었다. 이마에 떨어진 차가운 눈송이가 곧 물방울이 되어 뺨을 타고 흘러내렸다.

6

이모는 일흔아홉에 뇌졸중을 앓았다. 몸을 움직이고 생활하는 데는 큰 무리가 없었지만, 머릿속의 생각을 말로 표현하기 어려워했다. 마지막 오 년 동안 이모는 말을 아주 느리게 하는 사람이 되었다. 엄마는 이모가 쓰러진 직후에 이모의 집으로 들어갔다. 그때가 엄마 아빠의 공식적인 별거가 시작된 시점이었다. 엄마는 통화할 때마다 이모를 바꿔줬고 이모는 늘 비슷한 말을 했다. 희진아. 그렇게 부르고 뜸을 들이다가 끊어 읽듯 말을 이었다. 밥, 잘 먹어라. 희진아. 거, 비행기, 조심해라.

칠 년 만에 다시 만난 이후로 우리는 일 년에 한두 번은 얼굴을 보고 지냈고 엄마가 이모네 집에 들어간 이후로는 그전보다 자주 보게 됐다. 그 십오 년 동안 나는 이모에 대해서 조금씩 알아갔다.

일평생 그토록 개를 싫어하던 이모는 예순일곱에 군밤이라는 이름의 개를 키우기 시작했다. 언젠가 이모와 군밤이와 같이 산책을 하기도 했는데, 나는 이모가 누군가를 그토록 다정하게 대하는 모습을 처음으로 봤다. 이모는 어려서 아버지가 장터에서 강아지를 사와 키운 뒤 다 자라면 개장수에게 파는 일을 반복했다고 덤덤하게 말했다. 그래서 개가 싫었다고, 꼴도 보기 싫었다고. 비가 오는 날 대문이 열린 집마당으로 들어와 떨고 있던 군밤이를 봤을 때도 무척이나 화가 났지만 하숙생들의 부탁으로 며칠만 데리고 있기로 한 거였다. 그것이 시작이었다. 이모는 군밤이와 십이 년을 함께했고 군밤이가 죽었을 때는 처음으로 내 앞에서 눈물을 보였다.

이모가 난생처음 비행기를 탄 것도 군밤이를 키우고 몇 년이 지났을 무렵이었다. 이모는 검정고시 학원에서 사귄 친구들과 함께 일흔세 살에 후쿠오카로 패키지여행을 갔다. 그 여행을 계기로 이모는 캄보디아와 이탈리아 등 여러 나라로 여행을 떠났다. 이모의 마지막 여행지는 미국이었다. 이모는 LA를 거쳐 그랜드캐니언으로 갔다. 사진 속에서 이모는 활짝 웃고 있는 다른 여행객들과 함께 대협곡 위에 서서 혼자 인상을 쓰고 있었다.

이모는 칭찬받는 걸 어색해했다. 언젠가 '이모는 취향이 좋잖아'라고 말하자 이모는 내 눈길을 피하며 부끄러워했다. '그거 알아, 이모? 난 이모가 죽기를 바랐던 적도 있었어.' 그런 말에는 눈 하나 까딱하지 않던 이모였다. 이모는 칭찬을 들을 때면 매번 쥐구멍을 찾는 표정을 지었다.

노년에 조금은 편안해진 듯 보였던 이모는 뇌졸중을 앓은 이후로 더 괴팍해졌다. 데이케어센터에서 다른 노인과 사소한 시비 끝에 몸싸움을 할 정도였다. 먼저 싸움을 건 쪽은 이모였지만 상대 노인에게 일방적으로 맞다가 사람들이 말리러 오고서야 끝났다고 했다. 이모는 쇠약해지고 거칠어지면서 동시에 종종 아이처럼 해맑아지곤 했다. 누군가 오래 쳐두었던 암막 커튼을 걷은 것처럼 냉담하던 이모의 얼굴에서 환한 웃음이 새어나오기 시작한 것이다. 틀니를 빼놓고 웃을 때면 아직 치아가 나지 않은 갓난쟁이처럼 보였다.

이모는 텔레비전을 보면서 아이처럼 웃다가도 싫어하는 사람들이 나오면 리모컨으로 채널을 돌리면서 노여워했다. 멍하니 드라마를 보고 있는 이모에게 무슨 내용인지 물으면 '몰라' 하고 빙긋 웃었다. 집에 찾아가면 나를 보고 놀라고 반가운 듯 환히 웃으며 한 손을 내밀었다. 이모의 손은 크고 딱딱하고 차가웠다. 내가 곁에 가서 앉으면 손을 놓지 않고 가만히 나를 바라보았다.

휴가를 내고 이모네 집에서 며칠 지낸 적이 있었다. 그때 나는 십 년 차 조종사였는데 그해 봄에 동기 한 명이 이르게 세상을 떠났다. 누구에게나 일어날 수 있는 일이라는 걸 알면서도 끝없이 부당하다고 생각했던 건, 한 번도 표현하지는 않았지만 내가 그 사람을 오래 좋아했기 때문이었다.

방화문을 닫듯이 마음을 닫아버리면 나는 언제나 내 마음의 불길로부터 안전했다. 하지만 그해 봄에는 그 문이 더는 내 힘으로 닫히지 않았다. 슬프다거나 괴롭다는 감정보다도 내 마음 하나 제대로 조종하지 못하는 나 자신에 대한 분노가 먼저 일었다. 처음에는 눈물조차 나지 않았으니까. 책을 읽고 산책하고 샤워하고 음악을 듣고 운전하고 수영하고 일에 몰두하고 심호흡을 하고 일기를 써도, 그렇게 내 마음을 '정상화'할 수 있는 모든 버튼을 누르고 조종간을 건드려도 달라지는 것은 없었다. 마침내 내가 속수무책이라는 사실을 받아들이자 마음은 한밤중에 전소한 헛간처럼 무너져내렸다. 대가를 치르는 거라고, 그럴 만하다고, 고개를 떨어뜨린 채 나는 그렇게 믿었다.

이모의 집은 길가에 있어서 한밤중이면 자동차와 오토바이가 지나가는 소리가 들렸다. 곁에 누운 엄마가 큰 소리로 코까지 골기 시작해서 나는 이불과 베개를 가지고 거실로 갔다. 가로등 불빛이 거실에 그대로 내려와서 밤인데도 시야가 환했고 창틈으로 찬바람이 새어들어왔다. 나는 모로 누워서 눈을 감은 채 눈물을 참고 있었다. 얼마나 그러고 있었을까. 문이 열리는 소리가 났다.

"추워. 거, 바람."

눈을 떠보니 잠옷 바람에 패딩 조끼를 입은 이모가 구부정하게 서서 나를 바라보고 있었다. 나는 베개를 챙겨서 이모의 방으로 따라 들어갔다. 이모는 손바닥으로 서랍장을 짚고 다시 바닥을 짚으면서 천천히 이불 속으로 들어갔다. 그러더니 이불을 들어 올리고 나를 바라봤다. 나는 그 안으로 들어갔다. 이불 안은 이모의 체온으로 따뜻하게 데워져 있었다. '요즘에는 이렇게 좋은 목화솜이 없지.' 겨울 이불을 꺼낼 때마다 그런 말을 하던 이모의 얼굴이 떠올랐다. 어린 내게는 그저 무겁게만 느껴지던 이불이었다. 우리는 서로 마주 본 채로, 그리고 멀찍이 떨어져서 이불 안에 누워 있었다. 이모의 솜이불은 어른이 된 내게도 여전히 무거웠다.

아픈 뒤로 이모는 염색하지 않은 흰 머리칼을 짧게 깎아 유지했다. 눈꺼풀이 내려와서 원래도 작은 눈이 더 작아 보였다. 인중이 길어지고 입꼬리가 아래로 내려갔다. 노화의 일반적인 특징일 텐데 마치 이모의 고유한 개성을 빼앗긴 것처럼 느껴졌다. 이모가 이런 노인이 될 줄은 몰랐는데. 예전의 기세로 봐서는 여든이 넘어서도 젊은이처럼 기운이 넘칠 것 같았는데.

"언제 이렇게 늙었어?"

내 말에 이모는 활짝 웃었다.

"진짜 웃겨."

그렇게 말하는데 목이 메었다. 이모가 그런 내 감정을 알아차릴까 봐 두려워서 나는 눈을 감았다. 마음을 진정시키고 다시 눈을 뜨니 어둠 속에서 이모가 나를 가만히 바라보고 있었다.

"희진이."

이모가 작게 내 이름을 불렀다.

"우리, 희진이."

이모는 그렇게 말하고 눈을 비볐다.

"추워."

"춥다고?"

"너가, 추워."

"하나도 안 추워."

그러자 이모는 천천히 내 곁으로 와서 손바닥으로 내 등을 두드렸다. 나는 울지 않으려고 안간힘을 썼다. 세상에 단 한 명, 약한 모습을 보이지 않아야 할 사람이 있다면 그건 언제나 이모였으니까. 그건 내 자존심이자 이모에 대한 예의이기도 했다. 얼마 지나지 않아 이모는 고르게 숨을 내쉬면서 잠이 들었다.

이모가 떠난 새벽에 나는 갑자기 잠에서 깨어났다. 창밖은 여전히 어두웠고 강풍이 부는 소리가 요란했다. 시간은 세시 오십분이었다. 나는 잠에서 완전히 깨어나 침대 위에 우두커니 앉아 있었다. 얼마 지나지 않아 전화가 울렸다. 누구에게서 온 전화인지, 어떤 용건인지 나는 전화를 받지 않고도 알 수 있었다.

이모의 영정 사진은 십 년도 더 전에 찍은 것처럼 보였다. 이모는 그 사진 속에서도 고집스럽게 얇고 낡은 그 겨울 코트를 입고 건조한 표정으로 카메라를 쳐다보고 있었다. '뭐 하러 여기까지 왔어?' 사진 속의 이모가 나를 보며 그렇게 말하는 것 같았다. '우리가 정말 다르다고 생각해, 이모?' 이모는 내가 여린 탓에 함부로 대우받고 상처받을까 봐 두려워했다.

그게 어떤 기분인지 이모 자신이 누구보다도 더 잘 알고 있었으니까. 그래서 이모는 자기 자신을 대하듯 나를 대했을 것이다. 나는 이모의 사진 앞에서 두 번 절을 했다. 눈물은 나오지 않았다.

발인이 끝나고 이모의 집에 찾아갔다. 방문을 열자 창문 아래 책상과 책장 하나가 보였다. 책상 위에는 돋보기를 넣어둔 안경집과 『금강경』과 함께 표면이 마른 귤 반쪽과 플러스펜 한 자루, 그리고 '조선간장 하나, 얼갈이 한 단, 설탕 일 키로'라고 큼지막하게 쓴 종이가 놓여 있었다. 넓은 소쿠리에 귤껍질을 넣어놓아서 온 방에 귤 냄새가 은은히 풍겼다. 나는 이모의 이불과 요를 개켜서 책상 옆에 놓고 그 위에 한참 앉아 있었다. 옷걸이에 덩그러니 걸려 있는 이모의 겨울 코트가 보였다.

코트는 두께가 얇아져 있었고 체크무늬의 안감 또한 군데군데 해져 있었다. 나는 코트를 접어서 종이가방에 넣고, 그 옆에 걸린 이모의 목도리도 같이 챙겼다. 검은색 터틀넥 스웨터와 패딩 조끼, 크림색 라운드넥 스웨터를 하나하나 손으로 만져봤다. 하나같이 낡은 옷이었다. 후드가 달린 자주색 패딩 코트는 이모가 쇠약해진 후에 엄마가 사준 옷이었다. 이모는 그런 흉한 옷을 입어야 하는 자신의 처지를 한탄하곤 했다.

이모의 방에는 옷장이 없었다. 행거에 걸린 겉옷 몇 벌, 3단짜리 원목 서랍장에 들어 있는 옷과 속옷, 잠옷 몇 벌이 전부였다. 우리와 같이 살 때 이모의 방에 있던 커다란 장롱이 떠올랐다. 그 안에는 온 식구들의 옷과 사철 이불이 들어 있었다. 정작 자신에게는 필요도 없는 커다란 농짝을 곁에 두고 그 작은 방에서 이모는 무슨 생각을 했을까. 하지만 이모는 한 번도 그 장롱에 대해, 자신의 작은 방에 대해, 나를 키우고 살림을 해야 하는 처지에 대해 싫은 내색을 하지 않았다. 그것이 이모가 품위를 지키는 방식이었을 것이다.

이모를 은근히 무시하고 하대하는 아빠의 모습에 분노하면서도 나는, 내 마음의 어떤 부분은 언제나 이모를 나보다 낮은 곳에 있는 사람으로 취급했다. 가진 것도 없으면서, 내세울 것도 없으면서 뭐라도 되는 것처럼 다른 사람들을 평가하고 자신이 더 나은 사람인 것처럼 군다고 삐딱하게 바라봤다. 그러면서도 나는 이모를 그런 식으로 취급하는 내 모습을 부정했다. 그런 사람이 되고 싶지는 않았으니까. 하지만 이모의 몇 벌 되지 않는 옷가지들을 만지면서 나는 그것 또한 나의 모습임을 인정했다. 그러한 판단이 이모라는 사람의 진실과는 무관하다는 사실도.

엄마에게 이모는 책임감이 강하고 엄격한 언니였고 아빠에게 이모는 어려움을 겪는 가족을 도와주지 않는 냉정한 사람이었다. 데이케어센터의 복지사는 이모가 평상시에는 조용하다가 한번씩 화를 내는 충동적인 성격의 노인이라고 말했다. 그 모든 평가와 판단을 모두 모은다고 해도 그것이 이모라는 사람의 진실에 가닿을 수는 없을 것이다.

나는 부대로 돌아와 이모의 코트와 목도리를 소각장에 넣고 휘발유를 부었다. 검은 연기가 치솟는 동안 나는 내가 그 곳에서 소리 없이 울도록 내버려두었다.

언젠가 이모에게 왜 나를 데리고 옛 일터에 갔었는지 물었다. 그러자 이모는 뜬금없이 내가 웃고 싶지 않을 때 웃지 않아도 되는 사람이 되기를 바랐다고 말했다. 그리고 내가 그런 사람이 되었다고 덧붙였다. 그건 사실이 아니었지만, 나는 그렇지 않다고 대답하지 않았다. 그리고 여전히 이모가 그렇게 믿고 있기를 바란다. 나의 삶이 성공적이라고, 자신의 삶과는 다르다고, 자신이 틀리지 않았다고 미소 짓기를, 안심하기를.

나는 전역한 후 민간 항공사에 취업했다. 김포공항에 착륙할 때면 비행기는 내가 어린 시절 살던 동네를 지나간다. 아주 빠르게 그곳을 지나면서 나는 어쩌면 그곳에 이모가 서 있을지도 모른다는 상상을 하곤 한다. 이모는 내가 조종하는 비행기를 한참 동안 응시한 뒤, 자기 곁에 있는 어린 나에게 다시 가던 길을 가자고 손짓한다. 그러면 어린 나는 이모의 손을 잡고서 이모를 나의 조종실로 이끌어서는 내가 조종실에서 봤던 가장 아름다운 하늘을 모아 이모에게 보여준다. 꼭 조명등처럼 가까이 보이는 둥근 달, 분홍빛과 에메랄드빛이 섞인 오로라, 동쪽 하늘에 금성이 반짝 뜬 순간, 해가 뜨고 질 때 하늘이 보여주는 온갖 빛깔들을.

이모도 조종해볼래? 내가 물으면 이모는 망설임 없이 조종간을 잡고 높은 곳으로 끊임없이 올라간다. 성층권을 통과하고 중간권과 열권을 지나 마침내 대기권을 벗어난 우리는 그곳에서 지구의 궤도를 빙빙 돌며 별들을 구경한다. 그리고 이모는 내게 손을 흔든다. 구경 한번 잘했네. 이제 갈게. 너는 다시 내려가. 가서 나 보란 듯이 잘 살아.

옛날 사람들은 하늘 위에 하늘나라가 있다고 생각했다. 밤하늘의 별빛들을 보고 하늘에 구멍을 뚫어 지상의 인간들을 바라보는 저 너머 누군가의 눈빛이라고 믿기도 했다. 그들에게 별빛은 신의 눈빛이거나 더는 만날 수 없는 사랑하는 존재들의 시선이었다.

밤 비행을 할 때면, 검은 하늘을 날아가고 있을 때면 나는 종종 멀리서 나를 바라보는 이모를 느낀다. 이모의 시선은 조종실 너머에, 비행기 너머에, 밤하늘과 대기 너머에 있다. 희박한 공기와 낮은 온도, 여러 층을 올라가면 결국 사라지는 대기와 우주공간의 시작. 내가 아는 하늘은 그런 것이지만, 그런 순간에 나는 문득 옛날 사람들의 믿음을 떠올린다. 환한 낮이 아니라 어두운 밤에만 지상에 닿는 저 너머의 눈빛이 있다는 믿음을 말이다.

2023 제17회 김유정문학상 수상작품집

푸른색 루비콘
ⓒ 김혜진 김병운 김이정 전성태 조경란 최은영

1판 1쇄 발행 | 2023년 12월 20일

지은이 | 김혜진 김병운 김이정 전성태 조경란 최은영
펴낸이 | 정홍수
편집 | 김현숙 이명주
펴낸곳 | (주)도서출판 강
출판등록 | 2000년 8월 9일(제2000-185호)

주소 | 서울시 마포구 동교로17안길 21 (우 04002)
전화 | 02-325-9566
팩시밀리 | 02-325-8486
전자우편 | gangpub@hanmail.net

값 14,000원
ISBN 978-89-8218-331-7   03810